Eduard Kauffer

Die liebe Weihnachtszeit, zu Haus und Strasse, Stadt und Land

Max Frost

Eine Weihnachtsgeschichte

Eduard Kauffer

Die liebe Weihnachtszeit, zu Haus und Strasse, Stadt und Land Max Frost
Eine Weihnachtsgeschichte

ISBN/EAN: 9783743388086

Hergestellt in Europa, USA, Kanada, Australien, Japan

Cover: Foto ©Andreas Hilbeck / pixelio.de

Manufactured and distributed by brebook publishing software
(www.brebook.com)

Eduard Kauffer

Die liebe Weihnachtszeit, zu Haus und Strasse, Stadt und Land

Max Frost

Verlag von Otto Spamer in Leipzig.

Das Buch der Reisen und Entdeckungen.
Neue illustrirte
Bibliothek der Länder- und Völkerkunde.

Bedingungen.

Das Abonnement auf deutsche Bücher für ein ganzes Jahr wird vorausbezahlt mit . . fl. 6. —
Für ein halbes Jahr mit . . . fl. 3. —
Für ein Vierteljahr mit . . . fl. 1. 30 kr.
Für einen Monat mit . . . — 45 kr.
Außer Abonnement beträgt das Lesegeld für jeden Band täglich . . . — 2 kr.

Um vielfachen Mißverständnissen vorzubeugen, erlauben wir uns, darauf aufmerksam zu machen, daß für französische und englische Bücher ein besonderes Abonnement besteht und zwar unter folgenden Bedingungen:

Für ein ganzes Jahr werden vorausbezahlt
. . . fl. 9. —
Für ein halbes Jahr . . . fl. 5. —
Für einen Monat . . . fl. 1. —
Für 1 Band per Tag . . . — 3 kr.

Fremde und uns unbekannte Leser belieben einen entsprechenden Betrag gegen Quittung zu hinterlegen.

Wer ein Buch verliert oder es beschädigt zurückbringt, ist zum vollständigen Ersatz desselben verpflichtet.

Die Bibliothek ist an Wochentagen Morgens von 8 bis 12 und Nachmittags von 2 bis 7 Uhr offen, in den Wintermonaten an Sonn- und Feiertagen von 11—1 Uhr.

J. Lindauer'sche Leihbibliothek,

Afrika.

Livingstone, der Missionär I. Aeltere und neuere Erforschungsreisen im Innern Afrika's. In Schilderungen der bekanntesten älteren und neueren Reisen, insbesondere der großen Entdeckungen im südlichen Afrika während der Jahre 1840 bis 1856 durch Dr. David Livingstone. Dritte Auflage. Mit 90 Text-Abbildungen und 4 Tondrucktafeln. Vollständig in 6 Heften. In elegantem Prachtband 1⅔ Thlr.

Livingstone, der Missionär II. Neueste Erforschungsreisen im Süden Afrika's und auf dem Eilande Madagascar. In Schilderungen von David Livingstone's neuesten Forschungen während der Jahre 1858—1864; der Universitäts-Mission und Livingstone's letzter Expedition von 1866. Ferner der Reisen von Albert Roscher und Karl Mauch, der portugiesischen Expedition in das Land des Muata-Kazembe, sowie der Reisen auf der Insel Madagascar während des letzten Jahrzehnts. Mit 90 Text-Abbildungen, sechs Tondrucktafeln und einer Uebersichtskarte des südlichen und mittleren Afrika sammt Madagascar, unter Angabe der Reiserouten von David Livingstone, du Chaillu, Andersson, Burton-Speke, Speke-Grant, A. Roscher u. s. w. Zweite Aufl. Vollständig in 8 Heften. In elegantem Prachtband 1⅔ Thlr.

Das Buch der Reisen und Entdeckungen.

Afrika.

Die neuesten Entdeckungsreisen an der Westküste Afrika's.
Mit besonderer Berücksichtigung der Reisen und Abenteuer, Handels- und Jagdzüge von **Paul Belloni du Chaillu** im äquatorialen Afrika, sowie von **Ladislaus Magyar** in Benguela und Bihe, von **C. Joh. Andersson** am Okavango-Flusse. Bearbeitet von H. Wagner. Mit über 100 Text-Abbildungen, fünf Tondbildern und zwei Karten ꝛc. Vollständig in 6 Heften. In elegantem Prachtband 12/3 Thlr.

Eduard Vogel, der Afrika-Reisende.
Schilderung der Reisen und Entdeckungen des Dr. Eduard Vogel in Central-Afrika: in der großen Wüste, in den Ländern des Sudan, am Tsad u. s. w. Nebst einem Lebensabriß des Reisenden. Nach den Originalquellen bearbeitet von Hermann Wagner. Zweite durchgesehene Auflage. Mit 100 Text-Abbildungen, acht Tondrucktafeln und einer Karte von Vogel's Reiseroute. Vollständig in 6 Heften. In elegantem Prachtband 17/3 Thlr.

Abessinien, das Alpenland unter den Tropen
und seine Grenzländer. Schilderungen von Land und Volk, vornehmlich unter König Theodoros (1855—1868). Nach den Berichten älterer und neuerer Reisender bearbeitet von Dr. Richard Andree. Mit 80 Text-Abbildungen, sechs Tondbildern sowie einer neuen Karte von Abessinien. Vollständig in 6 Heften. In elegantem Prachtband 12/3 Thlr.

Die Erforschung des Nilquellen-Gebietes
und der angrenzenden Länder von Zanzibar bis Chartum. Nach Barton, Speke, Baker, Petherick, Henglin, v. d. Decken u. A. In 6—8 Heften. Mit 100 Text-Abbildungen, Tondrucktafeln, einer Karte ꝛc. (In Vorbereitung.)

Asien.

Die Nippon-Fahrer oder das wiedererschlossene Japan.
In Schilderungen der bekanntesten älteren und neueren Reisen, insbesondere der amerikanischen Expedition in den Jahren 1852 bis 1854 und der preußischen Expedition nach Ostasien in den Jahren 1860 und 1861. Ursprünglich bearbeitet von Friedrich Steger und Hermann Wagner. In neuer Auflage herausgegeben von Dr. Richard Andree. Zweite gänzlich umgearbeitete, vermehrte Auflage. Mit etwa 150 Text-Abbildungen, sieben Tondrucktafeln, sowie einer Karte von Japan. Vollständig in 10 Heften. In elegantem Prachtband 21/3 Thlr.

Reisen in den Steppen und Hochgebirgen Sibiriens
und der angrenzenden Länder Central-Asiens. Nach Aufzeichnungen von T. W. Atkinson und Anderen. Bearbeitet von A. v. Etzel und H. Wagner. Mit 120 Text-Abbildungen und fünf Tondrucktafeln. Vollständig in 8 Heften. In elegantem Prachtband 12/3 Thlr.

Das Amur-Gebiet und seine Bedeutung.
Reisen in Theilen der Mongolei, in den angrenzenden Gegenden Ost-Sibiriens, am Amur und seinen Nebenflüssen. Nach den neuesten Berichten, vornehmlich nach Aufzeichnungen von A. Michie, G. Radde, K. Maack und Anderen. Herausgegeben von Dr. Richard Andree. Mit 80 Text-Illustrationen, vier Tondbildern, sowie einer Karte des asiatischen Rußlands und der angrenzenden Theile von Inner-Asien. Vollständig in 6 Heften. In eleg. Prachtband 12/3 Thlr.

Die ostasiatische Inselwelt I.
Land und Leute von Niederländisch-Indien: den Sunda-Inseln, den Molukken sowie Neu-Guinea. Reise-Erinnerungen und Schilderungen, aufgezeichnet während seines Aufenthaltes in Holländisch-Ostindien und herausgegeben von Dr. J. Friedmann. Vollständig in 6 Heften. In elegantem Prachtband 12/3 Thlr.

Das Tropen-Eiland Java. Mit 120 Text-Abbildungen, sechs Tondbildern und einer Karte von Java.

Die ostasiatische Inselwelt II.
Land und Leute von Niederländisch-Indien: den Sunda-Inseln, den Molukken sowie Neu-Guinea. Reise-Erinnerungen und Schilderungen, aufgezeichnet während seines Aufenthaltes in Holländisch-Ostindien und herausgegeben von Dr. J. Friedmann. Vollständig in 6 Heften. In elegantem Prachtband 12/3 Thlr.

Sumatra, Borneo, Celebes, die Molukken und Neu-Guinea. Mit 100 Text-Illustrationen, sechs Tondbildern ꝛc.

Die Welt der Jugend. III. 2. Bdchn.   Leipzig: Verlag von Otto Spamer.

Welt der Jugend Nr. 22.

Die liebe Weihnachtszeit.
In Haus und Straße, Stadt und Land.
Von
Dr. Ed. Kauffer.

Max Frost.
Eine Weihnachtsgeschichte.
Von
August Schrader.

Leuchtende Thiere.
Von
Dr. Carl Kloß.

Aus der Jugendwelt im klassischen Alterthum.
Hellenische Knabenspiele und altrömisches Jugendleben.
Von
Dr. R. Zöllner.

Erholungsstunden:

1. Von der Wünschelruthe.
2. Neue optische Täuschungen.
3. Mathematische Denkübungen u. Aufgaben.

Geschichtskalender. Erinnerungstage vaterländischer Großthaten. — Geburts- und Sterbetage berühmter Menschen.

Mit 30 in den Text gedruckten Illustrationen, zwei Ton- und Buntdruckbildern, sowie einem Weihnachtslied, in Musik gesetzt von J. E. Keßler.

Leipzig.
Verlag von Otto Spamer.
1869.

Auflösungen

der am Schluße dieses Bändchens enthaltenen Aufgaben und Räthsel.

1. **Rechenaufgabe.** Die fragliche Turnklasse besteht aus 119 Knaben, denn
$119 = 7 \times 17; = 6 \times 19 + 5; = 5 \times 23 + 4; = 4 \times 29 + 3; = 3 \times 39 + 2; = 2 \times 59 + 1$.

2. **Bildung dreier gleichseitiger Vierecke:**

Sämmtliche Rechte vorbehalten, insbesondere das ausschließliche Recht zu Uebersetzungen in die französische und englische Sprache.

Die liebe Weihnachtszeit
in Haus und Strasse, Stadt und Land.
Von Dr. Eduard Kauffer.

Keines der Feste, welche wir feiern, berührt das deutsche Gemüth so unmittelbar, als die „fröhliche, selige, gnadenbringende" Weihnachtszeit, kein anderes wurzelt so tief, so unlösbar fest im Leben des germanischen Volkes. Gleich einem jener alten Gemälde auf Goldgrund, tritt es in überirdischem Glanz uns entgegen, kirchlich gefeiert zwar von allen christlichen Völkern, doch Weihnachtsfreude spendend nur dem deutschen. Deshalb heißt die Weihnachtszeit auch die „liebe" in des Wortes innigster Bedeutung.

Um aber den der deutschen Weihnacht eigenthümlichen Schmelz, den charakteristischen Liebreiz, der sie umschwebt, kennen und verstehen zu lernen, dürfen wir über des Festes großen strahlenden Mittelpunkt, die Geburt des Heilandes und Seligmachers, nicht die volksthümlichen Arabesken übersehen, deren immergrüne Ranken das Jesuskind und die heilige Krippe von Bethlehem umrahmen. Um Weihnachten zu haben, können wir nicht die Adventen, welche dem Fest vorausgehen, nicht den Dreikönigstag, welcher ihm folgt, nicht die an diesen Zeitraum sich knüpfenden Sagen, Sitten und Gebräuche entbehren, und erst dies Alles zusammen genommen erfüllt das Innere „mit jenem Weihnachtsduft, den die äußeren Sinne als Geruch von Tannengrün und die angenehme Räucherung von Wachskerzen in sich aufnehmen." In diesem weitern Sinne will ich auch versuchen, meinen jungen Freunden die liebe Weihnachtszeit zu schildern. Seitdem sie an meiner Hand die Geheimnisse der Pfahlbauten kennen gelernt, sind wir ja einander nicht mehr fremd, und hoffentlich werden sie auch diesmal nicht bereuen, sich meiner Führung anvertraut zu haben.

1. Die Vorzeit des heiligen Adventes.

Die Zeit, welche die Kirche der Vorbereitung auf das Weihnachtsfest widmet, heißt die Adventen und umfaßt bekanntlich die dem Andreastage folgenden vier Sonntage — eine Festsetzung, welche sich von Gregor dem Großen herschreibt und von der abendländischen Kirche auf die römisch-katholische, von dieser auf die protestantische überging.

Wenn die Adventen nahen, neigt das Jahr sich langsam seinem Ende zu. Der Herbst, der sich wol sonnig bis an die Schwelle des Dezembers hingesponnen, hat dem ungestüm andringenden Winter den Platz geräumt. Nicht mehr spielen des Mariengarns silberne Fäden durch die Luft, nicht mehr leuchten die rothen Fruchtköpfchen des Hagedorns aus den zusammengeschrumpften Blättern hervor. Die Berge setzen ihre Nebelkappen auf, den Himmel verhüllen eigenthümlich graue Wolken, von denen sich kleine weiße Sternchen ablösen, um zu den Gefilden niederzuschweben, erst einzeln, dann dicht und immer dichter: es schneit. Fröhlich klatschen die Kinder in die Hände und scherzen: „Die Bäcker und Müller schlagen sich", oder: „Frau Holle schüttelt ihre Betten." Die Mutter aber, die mit den Kindern in das Schneegestöber hinaussieht, bemerkt verbessernd, es müsse heißen: „Die Englein schütteln ihre Bettlein." Während des harmlosen Streites, der sich hierüber entspinnt, ist das Kleinste in der Wiege aufgewacht und verlangt halb weinend, halb lachend nach der Mutter. Und diese nimmt es mit einem herzhaften Kuß auf die rosigen Wänglein auf den Arm, zeigt ihm vom Fenster aus das Spiel der Flocken und singt:

„D' Engele han's Bedd gemacht,
D' Fedre fliege runder —
All Dag, do schlofe sie,
Z' Nacht, do sinn sie munder.
Wäre sie nidd munder z' Nacht,
Wer hätt' dann mei Kind bewacht?"

Um diese Zeit — in den Adventen — taucht an vielen Orten ein wunderlicher Mummenschanz auf. Spukgestalten, theils gütig, theils strafend, bald Lachen erregend, bald Furcht erweckend, werden sichtbar, und wenn wir, bei näherer Betrachtung, auch entdecken, daß sie von Menschen dargestellt werden, so ändert dies doch nichts an dem Antheil, den sie an der deutschen Weihnachtszeit haben.

Wenden wir uns zuvörderst nach dem Norden des deutschen Vaterlandes.

Dort – in der ehemaligen Grafschaft Ruppin – treibt alljährlich in der zweiten Woche des Dezembers der „Schimmelreiter" sein Wesen. Ein Knecht wird mittels eines weißen Tuches in einen Reiter verwandelt, welcher auf einem Schimmel sitzt. Ihm folgt ein gleichfalls weiß gekleideter, mit Bändern geschmückter „Christmann", belastet mit einem Aschensack und einer Tasche voll Pfefferkuchen, sowie ein Trupp „Feien", Burschen in Frauenkleidern mit geschwärztem Antlitz. Unter dem Jauchzen der herbeiströmenden Kinder zieht diese Sippschaft mit Musik von Haus zu Haus. Beim Eintritt in die Stube hat der Schimmelreiter zuerst über einen Stuhl zu springen, worauf der Christmann mit der ihn begleitenden Menge folgt. Während die Feien draußen warten müssen, stimmen die Mädchen im Hause ein Lied an, nach dessen Beendigung der Schimmelreiter eine von ihnen beim Arm nimmt, um mit ihr zu tanzen. Unterdessen geht der Christmann bei den Kindern umher, welchen er Bibelsprüche und Gesangbuchverse überhört; diejenigen, welche stocken, werden als faul durch Schläge mit dem Aschensack bestraft, die fleißigen empfangen einen Pfefferkuchen aus der Tasche. Sobald Schimmelreiter und Christmann die Scene verlassen, wird den Feien, welche bis dahin fortwährend versuchten, in die Stube zu bringen, doch unter allerhand Scherzen stets wieder zurückgetrieben wurden, der Zutritt gestattet; freilich lohnen sie diese Begünstigung mit Undank, indem sie allerlei Muthwillen verüben, die Kinder schlagen, die Erwachsenen in Schrecken setzen und das Unterste zu oberst kehren. In anderen Gegenden Norddeutschlands und in Schlesien wird der Schimmelreiter durch drei junge Leute gebildet, von denen die beiden letzten die Hände auf die Schultern des Vordermannes legen, während ein vierter auf den Achseln des mittelsten Platz nimmt. Den Kopf des Pferdes deutet eine Erhöhung an, durch welche das darüber gebreitete weiße Tuch emporgehoben wird. Der Reiter ist gleichfalls verhangen und trägt bisweilen einen ausgehöhlten, mit Augen und Mund sowie mit einer brennenden Kerze versehenen Kürbis als Laterne in der Hand. Häufig begleitet den Schimmelreiter ein „Bär", dargestellt durch einen in Erbsen- oder Haferstroh gewickelten Burschen, der die Rolle des Tanzbären spielt. In einigen pommer'schen Strichen tritt zu diesen ungeheuerlichen Masken noch der „Klapperbock" —, ein Bursch mit einer Stange, über welche ein Thierfell gespannt ist und an deren Ende sich ein hölzerner Ziegenkopf befindet. An der untern Kinnlade desselben ist eine Schnur befestigt, welche durch die obere Kinnlade in den Schlund läuft, sodaß, wenn der Tragende an dieser Schnur zieht, die beiden Kinnladen klappernd zusammenschlagen. Von diesem Klapperbock werden die Kinder, welche nicht beten können, gestoßen. Eine verwandte Spukgestalt ist zu Ilsenburg am Harz der „Habersack", den Jemand mit einer in eine Gabel auslaufenden Stange und dazwischen geklemmten Besen darstellt, sodaß ein Kopf mit Hörnern angewachsen scheint. Daran hängt ein faltenreiches Laken, um den Darstellenden selbst nicht erkennen zu lassen.

Im Königreich Sachsen, wie überhaupt in Mitteldeutschland, tritt an Stelle der Mummereien, welche wir bisher kennen lernten, der wohlbekannte „Ruprecht" oder „Rupprich." In einen Pelz oder in Stroh gehüllt, sagt er auf seinen Umzügen durch die Dörfer in den Häusern die Bescherung an. Seine Schreckensgestalt erscheint selbst in den Stuben, wo er sich nach der Aufführung der Kinder erkundigt, die Gehorsamen belobt und die Unartigen mit der Ruthe bedroht. Nach seinem Bericht fallen dann die Geschenke des „Christkindes" aus, als dessen Knecht er gedacht wird. Im Erzgebirge trägt er außer der Ruthe noch eine eiserne Kette um den Leib, sowie einen Sack mit Aepfeln, Nüssen und anderen Gaben auf dem Rücken. Mit derselben Ausrüstung versehen und ihr noch eine weithin tönende Schelle hinzufügend, tritt uns in Schwaben der „Pelzmärten", auch „Pelzmichel, Graale und Buzegrale benannt, entgegen.

Eine ungleich freundlichere Spukgestalt lernen wir in dem heiligen Nikolaus kennen, der unter mannigfachen Abwandlungen seines Namens ein noch weiteres Gebiet beherrscht, als der Schimmelreiter und Knecht Ruprecht. In Mecklenburg heißt er „Ruklas", der rauhe Nikolaus, in Braunschweig, Hannover und Holstein „Bullerklas", am Niederrhein und in Westfalen einfach „Klas" oder, mit Anspielung auf seinen Aschensack, „Aschenklas." Eine Mischung aus Popanz, Kinderfreund und Possenreißer, zieht Sankt Nikolaus, als Bote des Christkindes die Weihnachtsbescherung verkündend, durch das Land. Ein weißes Roß — im Osnabrück'schen der „spanische Hengst" — trägt den Heiligen, während das Christuskind sich eines weißen Hahnes als Reitthier bedient. Stets naht er zur Nachtzeit, pocht an die Thür und poltert durch das Haus. Rasselnd und brummend tritt er an das Lager der Kinder, die entweder Gebete hersagen oder sich unter dem schützenden Deckbett in Sicherheit bringen. Die Kleinen haben vorher ihre Schuhe mit Hafer „dem Klas für sein Pferd" gefüllt und nebst großen Schüsseln vor ihre Schlafstube hingestellt. Erwartungsvoll schauen sie am nächsten Morgen nach, welche Spenden Sankt Nicolaus ihnen hinterlassen. Knaben und Mädchen, deren Betragen zu wünschen übrig ließ, finden eine in Kalk getauchte Ruthe auf ihrer Schüssel, fleißige und sittsame Kinder dagegen allerhand Näschereien, vor Allem aber den „Klasmann", das aus Semmelteig geformte und mit Korinthenaugen versehene Bild des Heiligen, oder einen Pfefferkuchenreiter, welcher den Klas zu Pferde vorstellen soll. Den Hafer aber, der in den Schuhen enthalten war, hat der gespenstische nächtliche Besuch für sein Roß als Futter mitgenommen.

In Oesterreich wandelt der heilige Nikolaus, als Bischof angethan, mit dem Bischofsstab in der Hand, das ehrwürdige Haupt mit der Mitra bedeckt, in Stadt und Dorf umher. Die Kinder sind von seiner Ankunft unterrichtet, und bange schlagen die Herzen, sobald er naht. Er tritt ein, grüßt ernst, doch freundlich und läßt sich über das Betragen der Kleinen Bericht erstatten, worauf er den Folgsamen Lob spendet, die Nachlässigen ermahnt. Der fromme kindliche Glaube weiß nicht anders, als daß der Heilige, der sich entfernt, auf einem Schimmel oder weißen Esel durch die Luft reitet. Die Kinder stellen deshalb Abends vor dem Schlafengehen ihre sauber geputzten Schuhe in eine Stube ihrer Eltern auf den Tisch oder in den Ofen, damit Sankt Nikolaus, sobald er über den Schornstein reitet, etwas von seinen Schätzen für sie herabfallen lassen könne. Für sein Reitthier wird Hafer und

Heu, oder auch eine Mohrrübe in die Schuhe gethan und die Stube dann sorgfältig verschlossen. Die Wiedereröffnung derselben erfolgt am nächsten Morgen in Gegenwart sämmtlicher Hausgenossen. Umgeworfene Stühle und Bänke künden, daß der seltsame Heilige hier gewaltet, und zum Ueberfluß deuten auf seine Anwesenheit noch die Geschenke, welche die artigen Kinder in ihren Schuhen statt des Futters vorfinden, während der Hafer in den Schuhen der unartigen unberührt geblieben und auf ihn eine stattliche Ruthe niedergelegt ist.

Auch anderwärts findet die Klasbescherung in fast gleicher Weise statt, nur sind es nicht immer Schuhe, die dabei zur Anwendung gelangen, sondern man benutzt auch Strümpfe, Körbchen, Schüssel oder Teller, in einigen Städten eigens für diesen Zweck gefertigte Schuhe aus Porzellan, in anderen ein einfaches Heubündel, welche man am Ofen, in einer Zimmerecke, vor der Stubenthür oder hinter einem Gesträuch im Garten niederlegt, um vom heiligen Klas beschenkt zu werden.

Dem kinderliebenden Bischof, als welcher Nikolaus in Oesterreich, Bayern und der Schweiz erscheint, pflegt ein Engel im Chorhemd, der „Grampus" oder „Krampus" genannt, beigegeben zu sein. In Steyermark heißt die den Heiligen begleitende vermummte Person der „Bartel", in Obersteyermark die „Hafergais", die beinahe vollständig dem pommer'schen Klapperbock entspricht. Im Böhmerland trägt der mittels Mehl weiß geschmückte Nicolo ein Leintuch als Gewand, eine Ruthe in der Hand und auf dem Haupte ein eigens zur Mütze eingedrücktes Kopfkissen. Sobald er auffordert zu beten, stürzen alle Kinder auf die Kniee, worauf ihnen Obst am Boden zugerollt wird und der Besuch sich entfernt. Im Niederlande Böhmens tritt der „Rumpanz" als grauenvoller Spuk im Gefolge des Christkindes auf; gleiche Rolle ist in dem Elsaß dem „Hans Trapp" zugetheilt. Als schöne hohe Frau, im langen weißen Gewande, mit herabwallendem goldnen Lockenhaar, auf dem Haupt eine Krone von Goldpapier mit brennenden Wachskerzen, wandelt im Elsaß das Christkind umher. In der einen Hand hält die Huldgestalt eine Glocke, in der andern einen Korb mit Zuckerwerk. Da plötzlich hört man Kettengerassel und herein stolpert Hans Trapp, das geschwärzte Gesicht vom zottigen Bart umgeben, in der Hand eine gewaltige Ruthe. Mit dumpfer, hölzerner Stimme hält er Nachfrage nach dem Betragen der Kinder und schickt sich an, die unartigen zu züchtigen, die sich weinend zu verbergen suchen; doch das Christkind legt Fürbitte für die Kleinen ein, welche Besserung geloben und von der gütigen Erretterin zu dem kerzenstrahlenden Christbaum geführt werden, über dessen Herrlichkeit sie gar bald den plumpen Hans Trapp vergessen.

Alle diese Mummereien der Adventszeit tragen den Schein des Lächerlichen und Kindischen an sich; indeß liegt ihnen eine tiefere Bedeutung zu Grunde, und wenn wir die sonderbaren Gestalten ihrer räthselhaften Umhüllungen entkleiden, entdecken wir darunter nichts mehr und nichts weniger, als Ueberreste des heidnisch-germanischen Kultus, ein Stück der alten untergegangenen Götterwelt.

Wie im Allgemeinen um die drei christlichen Hauptfeste, welche gleich Hügeln über das Alltagsleben emporragen, die Reste des zerfallenden Heidenthums sich ablagerten und in Gestalt von Bruchstücken auf die Nachwelt kamen, so geschah dies namentlich mit dem Weihnachtsfest, welches der Zeit nach dem höchsten Feste der alten Teutschen entspricht.

In den Tagen nämlich, in welchen wir das Weihnachtsfest feiern, begingen unsre heidnischen Voreltern das Julfest, vom nordischen hiol, jol, d. i. Rad, Sonnenrad. Das Rad war das Sinnbild der Sonne, und Wuotan, der Gott des Himmels mit seinen Winden und jagenden Wolken, vor Allem aber mit seiner segnenden Sonne, wurde mit dem Rade dargestellt. Das Julfest war das Fest der Sonnenwende, also gewissermaßen das Geburtsfest der Sonne. Hatte diese am 21. Dezember den tiefsten Standpunkt erreicht, so lebte die Hoffnung neu auf, daß sie bald wieder empor zu steigen beginne. Zwölf Nächte lang — denn unsere Vorfahren rechneten gleich anderen Naturvölkern nicht nach Tagen, sondern nach Nächten — währte das Fest, das man hiernach auch die zwölf Nächte oder die Zwölften nannte. Noch deutet der Name „Zwölften" oder „Zwölfnächte", mit welchem man die Tage vom 25. Dezember bis 6. Januar bezeichnet, auf jene hochselige Zeit. Die Feier wird folgendermaßen geschildert. „Während derselben ruhten Ackergeräth, Handwerkzeug und Waffen. Man brachte den Ueberirdischen Opfer, vorzüglich an Pferden und Schweinen, hielt Schmäuse, wobei Jeder willkommen war, erleuchtete die heiligen Haine mit Strohfackeln und Kerzen und ließ auf den Bergen jene mächtigen Feuer lodern, welche alle Ehrentage der Götter mit ihrem Schein bestrahlten. Der große Gerichtsfriede herrschte. Gegenseitig warf man sich sorgfältig verpackte Geschenke in die Häuser und entfloh eilig wieder, um nicht gesehen zu werden. Vor den Häusern stellte man grüne Tannenbäume auf, zum Schmuck des Festes, und auf dem Herde brannte der Julblock. Die Wohnungen wurden um Mitternacht mit Wasser aus heiligen Quellen besprengt, von dem ein Rest das ganze Jahr über zu frommem Gebrauch aufbewahrt wurde. Beim Schmause legte man Gelübde ab, trank das Gedächtniß der Götter, pries sie und vor allen den Sonnengott in schallenden Liedern, führte Schwerttänze auf und musizirte dazu, so gut man es vermochte."

Eine Art Vorfest begann nach vollendeter Bestellung der Felder, um Martini. Um diese Zeiten zog Wuotan, begleitet von Frau Perchtha und untergeordnetem Göttergesinde, durch die Gauen. Wohin er sein weißes Roß lenkte, empfing er Opfergaben als Dank für die glückliche Ernte des Jahres und die Bestellung des Winterfeldes, wie für alles Gute in Krieg und Frieden, und spendete Segen dem keimenden Getreide. Dieser Umzug ist von der Forschung wol nicht mit Unrecht als frommer Mummenschanz aufgefaßt worden; das übermenschliche Wesen Derer, die ihn aufführten, sei dadurch angedeutet gewesen, daß sich dieselben in weiße Gewänder, in die Farbe des Lichtes, kleideten. Als das Heidenthum vom Christenthum angegriffen und überwunden wurde, that der geschäftige Bekehrungseifer sein Möglichstes, um im Volksangedenken die alten Götter und der Umzüge frommen Mummenschanz in Spukgestalten umzuwandeln. Als eine solche pilgert nun Wuotan noch heute unter uns zur Weihnachtszeit.

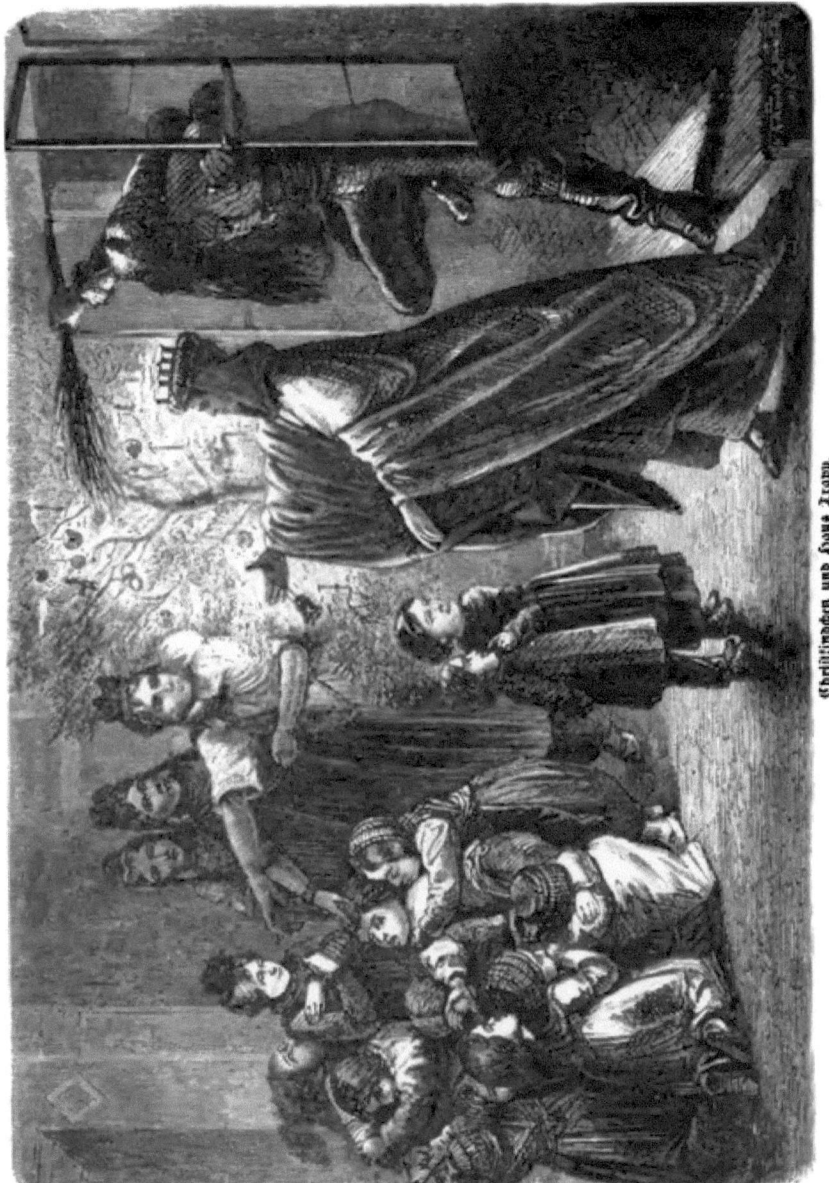

Christinchen und Hans Trapp.

Kein anderer als er, der Göttervater und Himmelsriese, verbirgt sich unter dem Schimmelreiter und dem Knecht Ruprecht, d. h. der Ruhmesprächtige, als Bezeichnung eines strahlenden, ruhmreichen Gottes. Den heidnischen Gott vertreten Pelzmärten, Niklas, Krampus und Bartel; auf ihn deutet des Niklas wunderlicher Hut und wallender Bart. Die Sagen nämlich, in welchen Wuotan den Menschen in sichtbarer Gestalt erscheint, malen ihn als riesigen, bejahrten, einäugigen Mann, der, um nicht erkannt zu werden, einen tief in das Gesicht gedrückten Hut oder Helm trägt, weshalb er der „Hutträger" oder „Helmträger", auch „Breithut" heißt. Ferner erinnern die weißen Umhüllungen unsrer Weihnachtsmummereien unmittelbar an Wuotan und dessen weithin flatternden Walkenmantel; denn mochte dieser Mantel eigentlich grau oder dunkelgefleckt sein: um Wuotan als Sonnengott zu bezeichnen, gebührte ihm ein weißes Gewand, weil weiß ursprünglich gleichbedeutend ist mit hell oder leuchtend.

Die heiligen drei Könige in den Weihnachtsspielen der Deutsch-Ungarn.

Aus dem Umzuge der Götter und den Feierlichkeiten, welche dabei stattfanden, entwickelte sich aller Wahrscheinlichkeit nach später unter dem Einflusse des Christenthums auch das „Ansingen des Christkindes" an Häusern und in Kirchen, und aus diesem die Sitte der sogenanten „Weihnachtsspiele" in der Kirche.

Das noch gegenwärtig an manchen Orten übliche „Ansingen des Christkindes" besteht darin, daß die unbemittelten Chor- und Schulknaben vom ersten Advent bis zum Dreikönigstage Umzüge halten und vor den Häusern geistliche Lieder absingen. Von dieser Sitte heißt der Advent namentlich im südlichen Deutschland auch die „Singzeit." Zu Reichenberg in Böhmen gehen während der letzten Adventstage Knaben und Mädchen als Schäfer gekleidet paarweise umher und verkünden durch Hirtenlieder die bevorstehende Ankunft des Christkindes. Noch vor wenigen Jahrzehnten zog im Erzgebirge die sogenannte „Engelschar", aus zwei Engeln, dem heiligen Christ, dem Bischof Martin, dem heiligen Nikolaus oder Petrus, aus Josef, Maria, dem Wirth, zwei Hirten und dem Knecht Ruprecht bestehend, im Advent von Haus zu Haus.

Noch wesentlich erweitert treten uns die Umzüge in den „Weihnachtsspielen" entgegen, wie sie noch gegenwärtig in einigen deutschen Gegenden Ungarns zur Darstellung gelangen. Nach mancherlei Vorbereitungen beginnt das Spiel am ersten Adventsonntage mit dem feierlichen „Auszug". Diesem voran leuchtet ein riesiger Stern, getragen von dem Vorsänger und „Meistersänger". Neben ihm folgt der Christbaum, eine mit Bändern und Aepfeln geschmückte Tanne, während hinterdrein sämmtliche Darsteller einherschreiten. Heilige Lieder singend, begeben sie sich nach dem gemietheten Saale, wo das Festspiel vor sich gehen soll. Vor demselben angelangt, bleiben sie stehen, bilden einen Halbkreis und lassen „zum glücklichen Umzug" einen Gesang von Stapel, welcher der „Sterngesang" heißt. Nach einer Begrüßung an Sonne, Mond und Sterne, Kaiser und Regierung, die Meistersinger nicht zu vergessen, treten sie unter Anstimmung des frommen Liedes „Unsern Eingang segne Gott" in den Saal, wo ein kleiner Raum unmittelbar an der Eingangsthür durch einen Vorhang von dem größern Theile getrennt ist; in letzterm nehmen die Zuschauer Platz, in dem kleinern drängen sich die Weihnachtsspieler zusammen. Außer den Darstellern ist auf der Bühne freilich nichts zu sehen, als ein Strohsessel und ein Schemel. Steht der erstere in der Mitte, so ist — was keiner der jungen Leser so leicht errathen dürfte — Jerusalem als Schauplatz angenommen; setzen sich die am Spiel Betheiligten auf den Schemel, so soll Bethlehem als Hintergrund gedacht werden, und um dies noch sinnreicher anzudeuten, trägt Josef schlauer Weise das Strohhaus, in welchem er sich befinden soll, in der Hand. Auch sonst enthält das Stück

Die rechtsgelehrten Pharisäer in den Weihnachtsspielen der Deutsch-Ungarn.

eine Menge Schnurrpfeifereien. In demselben treten z. B. drei Hirten auf. Wenn diese biedern Leute ihren Traum erzählen, den sie in einer und derselben Nacht gehabt, so wenden sie sich jedesmal gegenseitig den Rücken zu, um anzudeuten, daß jeder unbeeinflußt von der Mittheilung des Andern dasselbe träumte. Der Traum selbst wird kurz vor dieser Erzählung dadurch versinnbildlicht, daß alle drei kerzengrade nebeneinander hinfallen und der Engel auf ihnen herumstampft, um ihnen — den Traum einzugeben, wobei sie sich nicht rühren und keine Miene verziehen dürfen, weil der Engel ungeachtet der Last seiner Stiefeln als „schwebend" gedacht werden muß. In dem Spiel treten auch Juden, Pharisäer und stammverwandte Schriftgelehrten auf, von denen einer, der von Herodes zum Tode verurtheilt wird, in einem blutrothen Kragen sein düstres Geschick schon vor dessen Erfüllung zur Schau trägt. Auch der Teufel spielt eine Rolle im Stück, dargestellt von einem etwas leichtsinnigen, dabei jedoch mit Mutterwitz ausgerüsteten jungen Burschen. Ihm ist die Partie der lustigen Person zugetheilt, und er giebt sich alle erdenkliche Mühe, dieselbe gut durchzuführen. Vor Beginn der Aufführung rennt er durch das Dorf, um Jung und Alt zu necken, sowie zu den Spielen einzuladen, wobei er seinem Kuhhorn gräßliche Töne entlockt. Dann trägt er die Stühle zusammen, scherzt mit den nach und nach sich einfindenden Zuschauern und treibt sonstigen angemessenen Teufelsspuk. Zu den Personen des Stücks gehören noch: Herodes und sein Hauptmann, die Jungfrau Maria, der Engel Gabriel, die heiligen drei Könige, der Lakai des Königs Melchior, der Wirth, welcher die heilige Familie beherbergte, und endlich der Darsteller des Heidenthums, der ungläubige Hirt Crispus, dessen Pelzvermummung an den Knecht Ruprecht und an Wuotan erinnert. Sternträger, Lakai, Wirth und Hauptmann sind in ungarische Nationaltracht gekleidet und sämmtliche Rollen in den Händen junger Männer.

Ganz ähnliche Weihnachtsspiele führte man ehemals in Steyermark, Kärnthen und anderen deutschen Provinzen Oesterreichs auf, und es haben hiervon Bruchstücke bis zum heutigen Tage sich erhalten, freilich großentheils mit anderen Gebräuchen vermischt. So besteht zu Mank in Niederösterreich am heiligen Abend die an die Krippen (welchen wir später begegnen werden) erinnernde Sitte der „**Christschau**". Zwei Kirchenknaben, in lange rothe Gewänder gehüllt, treten in die Stube. Ihnen folgt, von einem alten Kirchendiener herbeigetragen, ein mächtiger Kasten, und nun wird schnell ein niedriges Gerüst aufgerichtet, auf dieses der Kasten gestellt und alles Nöthige vorbereitet, um „**den Christ zu zeigen**". Unterdessen haben sich alle Hausbewohner versammelt und betrachten neugierig den geheimnißvollen Apparat. Endlich wird das Bret weggeschoben, und man sieht eine anmuthige Gegend mit Hirten, Jägern, den heiligen drei Königen und im Hintergrunde die Krippe. Der Kirchendiener erklärt Alles, und wie vor Beginn der Vorstellung stimmen die beiden Knaben auch nach Beendigung derselben einen kurzen Gesang an, dessen Schluß die Aufforderung enthält, den Christ zu beschenken, was denn auch geschieht.

Knecht Ruprecht.

Weihnachtsabend im protestantischen Deutschland.

2. Am heiligen Abend.

Während wir uns mit dem frommen Mummenschanz beschäftigten, durch welchen die Volkssitte das Weihnachtsfest einleitet, hat der Winter seine Mannen wiederholt Sturm laufen lassen auf die Gefilde und siegreichen Einzug gehalten in seinen silbernen Palast. Tief verschneit ruht die Flur, gehüllt in den schönen weißen Mantel, den der Flocken geschäftiger Eifer ihr gewebt. Wunderbar glänzende Brücken schlägt des Eisriesen lautlos schaffender Arm über Bach und Strom. Alles Leben scheint erstarrt, gelähmt in seinem heiligen Walten; doch wie so oft, trügt auch hier der Schein. Nur müssen wir die Werkstatt des Lebens jetzt nicht über, sondern unter der Schneedecke suchen; dort arbeitet es still verborgen fort. Die Rinde der abgestorbenen Bäume dient prächtigen Moosen als trautes, sturmgeschütztes Haus und in vielen Gegenden entfaltet die sogenannte Christwurz ihre sternigen Blüten.

In den Städten sehen wir jetzt — an der Schwelle der heiligen Nacht — die Weihnachtsmärkte eröffnet. Durch die Reihe der Buden drängt sich Groß und Klein in buntem Gewühl, und zu keiner andern Zeit des Jahres wird eine solche Menge Spielzeug gekauft und verkauft. Aepfel und Nüsse, Pelz- und Rosinenmänner, Pfefferkuchen und Wachsstöcke finden reißenden Absatz und hunderlei Kleinigkeiten, für den Weihnachtstisch bestimmt, beschweren Taschen und Körbe.

Die großen Kaufläden, namentlich aber die Konditoreien, stellen ihre verführerischen Schätze an den riesigen Fenstern zur Schau. Horch da, lustiges Peitschengeknall! Es ist ein ländlicher Schlitten, der vor einem Gasthofe hält. Die Dorfleute steigen aus — sie schütteln den Schnee von den Kleidern und genießen „etwas Warmes"; aber sie halten sich nicht lange dabei auf, denn es gilt, viele Einkäufe zu machen. Darum rasch zum Markte! Nicht geringere Geschäftigkeit als auf der Straße herrscht in den Häusern zu dieser Zeit der stillen geheimnißvollen Aufregung. Die sorgsam waltende Hausfrau hat alle Hände voll zu thun; denn es fehlt zur würdigen Feier des Festes noch so Mancherlei, was herbeigeschafft sein will. Die älteren Töchter stehen ihr zwar treulich zur Seite, doch haben sie öfter als sonst eine Freundin zu besuchen, und die Mutter gewährt es ihnen lächelnd, denn sie weiß, daß bei dem Besuche die den Eltern zugedachten Stickereien vollendet werden sollen. Eine Stube bleibt jetzt stets verschlossen, die Eltern allein walten dort, und wenn sie dieselbe verlassen, schließen sie sorgfältig hinter sich ab. Die Kinder stecken darüber die Köpfchen zusammen und versuchen, von leicht verzeihlicher Neugier gereizt, wol gar, durch das Schlüsselloch zu erspähen, welche Herrlichkeiten sich in dem abgesperrten Heiligthum befinden mögen; doch nur wenig gewahren sie, nur ein Stückchen Tannengrün vom Christbaum, über welchem ein schöner weißer Engel mit weißen Füßen, kirschrothen Lippen und goldenen Flügeln sich wiegt. Da klatschen die Kleinen in die Hände und freuen sich im Voraus der Bescherung, die immer näher kommt. Der ältere Knabe hat schon nach Minuten und Sekunden ausgerechnet, wie lange man noch warten muß, und das jüngste Mädchen sieht staunend an dem gelehrten Bruder empor, welcher dieses arithmetische Riesenwerk zu Stande gebracht. Das Walten der Liebe währt bis spät in die Nacht hinein, auch das ärmste Elternpaar sucht seinen Kleinen eine frohe Ueberraschung zu bereiten und benutzt die dem Schlaf abgekargte Stunde, um einen Christbaum „anzuputzen." Der Vater vergoldet Nüsse und schneidet Guirlanden aus buntem Papier, die Mutter näht. Ach, sie ist müde, sehr müde, denn schon Nächte lang hat sie bis zum frühen Morgen gesessen; aber es ist ja für die kleinen Engel, die neben ihr im warmen, wenn auch dürftigen Bettchen schlummern, und weiter arbeitet sie und rascher verrichtet die Nadel ihr mühevolles Werk.

Der Tag vor dem Feste steigert wo möglich die Aufregung noch, alle Bande der gewöhnlichen häuslichen Ordnung sind gelockert, nur flüchtig wird zu Mittag gespeist, der Kinder vorlaute Fragen bleiben meistentheils unbeantwortet, es ist ein reizendes, lieberklärtes Durcheinander. Wer damit im Rückstande ist, gedenkt noch in letzter Stunde und mit stillem Vorwurf, es nicht früher gethan zu haben, der Bedürftigen, der Armen. Und so tritt denn endlich mit dem Glanze des Himmels in die Wohnungen der Menschen, in das deutsche Haus, die ersehnte Stunde, in welcher Millionen Herzen höher glühen und rascher schlagen, anmuthige Räthsel sich lösen und von Hand zu Hand gehen die Spenden, „welche Liebe wählt, und Liebe nimmt und giebt." Mit Einbruch der Dämmerung erhellen sich die Fenster, werden die Christbäume angezündet, und vor den harrenden Kindern thut sich auf die

Pforte, welche zu dem Allerheiligsten ihrer Hoffnungen und Wünsche führt. Licht an Licht erglänzt von der geschmückten, vom Engel überschwebten Tanne, und liebliche Waldmärchen werden wach zwischen den vergoldeten Nüssen und Aepfeln, die von den Zweigen niederschwanken. Doch damit ist die süße und bunte Last des Wunderbaumes noch nicht erschöpft: er trägt Verzierungen aus Flittergold, Gewinde von Mandeln und Rosinen oder Pfeffernüssen, Figuren aus Zucker und Chokolade, er trägt bunte Glaskugeln, kleine Sterne und große Pfefferkuchen, und alles dies könnte man — wäre es jetzt angebracht — sogleich herunterschütteln, wie es im Märchen „Aschenputtel" thut, welches zum Bäumchen geht und spricht:

> „Bäumchen, rüttel und schüttel dich,
> Wirf Gold und Silber über mich!"

Unter den Aesten der Tanne aber, am Fuße ihres Stammes, gewahrt der forschende Blick die Spenden, welche das Christkind den Kindern mitgebracht. Säbel, Trommel und Flinten, kleine und große Puppen, Nußknacker mit unförmlichem Munde, kurz Spielzeug aller Art ist um den Baum gruppirt, und namentlich fehlen nicht Schachteln mit hölzernen oder bleiernen Soldaten. Dazu kommen neue Kleider, Bücher, Schreibgeräthschaften, Spiele wie Domino, Damenbret, Puppentheater u. s. w., sodann Stein- und Pflanzensammlungen für die Knaben, für die Mädchen kleine Küchen mit niedlichen Töpfen, Schüsseln, Messern, Gabeln, Tellern, Tischen, oder „Puppenstuben", in welchen die Puppen aus- und angekleidet werden, Besuche empfangen, sich gegenseitig bewirthen und auch zu Bett gehen. Daran schließen sich farbenprächtige Landschaften, darstellend Felsenpartien mit Tyrolern und Gemsen, im Hintergrunde silberstrahlende Gletscher, während den Vordergrund eine bunte Gruppe von Hirten und allerlei Gethier belebt.

> „Vertraulich lagern hier die Leuen
> Und weiden fromm mit Lamm und Rind,
> Der Hase darf den Hund nicht scheuen,
> Und — aller König ist das Kind."

Hat aber das Auge bewundernd all diese Herrlichkeiten überflogen, so haftet es immer und immer wieder an dem Tannenbaume, dessen Wachsstockkerzen das Zimmer mit angenehmem Duft erfüllen. Ja, die Tanne bildet den sonnigen Mittelpunkt der deutschen Weihnachtsfeier. Indem wir sie in unsere Wohnungen verpflanzen, erneuen wir einen uralten Gebrauch; denn wie wir oben gesehen, wurden am Julfeste die Häuser mit grünen Tannenbäumen geschmückt. Hiermit befinden wir uns wiederum auf dem Boden der deutschen Göttersage. Die Tanne war nicht weniger als die Eiche ein heiliger Baum, der, göttergeliebt und götterbewohnt, als gefeit und gebannt angesehen wurde. Sie strömte Blut aus, sobald sie verletzt wurde. In Schiller's „Tell" sagt Walter zu seinem Vater:

> „Vater, ist's wahr, daß auf dem Berge dort
> Die Bäume bluten, wenn man einen Streich
> Drauf führte mit der Axt?"

und als Tell fragt, wer das sage, antwortet Walter:

> „Der Meister Hirt erzählt's. Die Bäume seien
> Gebannt, sagt er, und wer sie schädige,
> Dem wachse seine Hand heraus zum Grabe."

In alten Tannen läßt der Volksglaube noch heute geisterhafte Wesen hausen — die verstümmelten Götter der alten Zeit. Auf heidnischen Kultus weist gleichfalls der schlesische Gebrauch, bei dem sogenannten „Todaustreiben" einen mit Strohketten gefesselten Tannenbaum umherzuführen; an ihn gemahnt die Sitte in der Mark, nach welcher die Jungen, die zum ersten Male das Vieh hüten, eine Tanne mit Thierknochen verzieren und an den Gipfel einen Pferdeknochen binden.

Gehen wir zu den Aepfeln und Nüssen über. Auch ihre Bedeutung scheint auf das nordische Heidenthum zurückgeführt werden zu müssen. Johuna besitzt Aepfel, und Loki, ein Ase, soll sie mit diesem ihren Hort in die Gewalt des Riesen Thiassi spielen. Der Hinterlistige lockte die Arglose in einen Wald, und Thiassi entführte in Adlersgestalt die Betrogene sammt ihren Aepfeln nach seinem Heimwesen Thrymheim, wo er seinen kostbaren Raub in Sicherheit brachte. Die Asen aber befanden sich sehr übel bei Johuna's Verschwinden: sie wurden runzelig und alt. Da zwangen sie Loki, sich auf den Weg zu machen, um die Geraubte zu befreien. Mit dem von Freya entliehenen Falkengewand ausgerüstet, fliegt Loki nach des Riesen Behausung. Dieser war eben auf den See hinaus gerudert und Johuna allein daheim. Da verwandelte sie ihr Befreier in eine Nuß, erfaßte sie mit seinen Klauen und regte mit aller Kraft die Schwingen. Bei seiner Heimkehr vermißte Thiassi natürlich Johuna; rasch legte er jedoch sein Adlerhemd an und verfolgte Loki. Als nun die Asen den Falken mit der Nuß herbeieilen sahen und den Adler hinter ihm drein, häuften sie vor Asgard eine Bürde Hobelspäne auf und setzten sie, sowie der Falke die Burg erreicht hatte, in Brand. Die hochlodernde Flamme schlug dem nacheilenden Adler ins Gefieder, sodaß er nicht weiter fliegen und mit leichter Mühe von den Asen erlegt werden konnte. — Johuna ist die verjüngte Natur im Schmucke des Frühlings, oder auch das frische Sommergrün an Gras und Laub. Die schöne lachende Farbe bleicht, sobald Johuna's Aepfel reif sind, durch den rauhen Odem der Herbst- und Winterstürme ... das Gras welkt, das dürre Laub fällt von den Bäumen. Der Riese Thiassi ist der Herbststurm. Wenn er Johuna raubt, soll damit sinnbildlich angedeutet werden: der Wiese ist der Farbenschmelz, dem Walde der Schmuck der Blätter entführt ... die Welt erscheint gealtert und greisenhaft; von den Göttern ist Glanz und Jugendfrische gewichen, sie sind ergraut und eingeschrumpft. Loki ist der Lenzwind, welcher die schöne Jahreszeit zurückbringt. Aepfel und Nüsse erscheinen demnach als Sinnbilder der Erdverjüngung, und ihr Herbeiziehen zur Ausrüstung der Weihnachtstanne entspricht vollständig der Bedeutung des Julfestes als einer im Voraus begangenen Frühlingsfeier.

Die Lichter auf dem Christbaume endlich erinnern an den beim Julfest erwähnten Brauch unserer heidnischen Vorfahren, die heiligen Haine mit Strohfackeln und Kerzen zu erleuchten und auf den Bergen zu Ehren der Götter mächtige Feuer auflodern zu lassen. Dieser sinnige Gebrauch ging auf das Christenthum über, und in der That scheint es, wie noch gegenwärtig Johannisfeuer, früher auch öffentliche Weihnachtsfeuer gegeben zu haben. In unserer Zeit lodern deren nur noch in Schweden und Norwegen, sowie bei Gelegenheit des Winterfestes zu Schweina in Thüringen. Dort errichtet die Jugend auf dem Töngelsberge eine Pyramide aus Feldsteinen, zu welcher man am Christabend mit Fackeln hinaufzieht, Weihnachtslieder singt und schließlich die Fackeln auf einen Haufen wirft. Unten auf der Ebene wieder angelangt, stimmt man beim Scheine von Laternen und Grubenlichtern Christlieder aus dem Gesangbuch an, welche von den Ortsmusikanten mit ihren Instrumenten begleitet werden. An die uralten heiligen Feuer erinnert auch die an der Sieg und Lahn übliche Sitte, zu Weihnachten den Grundblock am Herde zu erneuern. Ein gewaltiger Eichenblock, gewöhnlich ein sogenannter „Stock" oder Stummel, wird entweder an der Feuerstelle eingegraben, oder in einer dafür bestimmten Nische unterhalb des Kesselfangs angebracht. Wenn das Herdfeuer in Glut kommt, glimmt dieser Klotz mit; doch ist er so gestellt, daß er kaum in Jahresfrist völlig verkohlt. Sein Stumpf wird bei der Neuanlage sorgfältig herausgenommen, zu Pulver gestoßen und während der „Zwölften" als vorzügliche Düngung auf das Feld gestreut. An die heiligen Feuer am Julfest erinnert auch das der deutschen Weihnacht eigenthümliche Gold, der durchaus goldene Hintergrund des Festes. Die Aepfel und Nüsse müssen vergoldet sein, um als Attribute des Weihnachtsbaumes gelten zu können. Das Gold ist von allen Naturvölkern zur Versinnbildlichung des Sonnengottes, hier also Wuotan, in Anwendung gebracht worden. Vielleicht deuten die vergoldeten Aepfel und Nüsse auch auf einstige Opfer. Waren Aepfel und Nüsse Opferspenden im Allgemeinen, so sollte ihre Vergoldung anzeigen, daß sie dem Sonnengott galten. Das Alte ist eben wie jegliches Alte zusammengeschrumpft. Gleichwie das einst alle Kreise und Lebensalter in Anspruch nehmende Opferfest zur Bescherung für Kinder geworden ist, so wurden auch die Bäume zwerghaft, bis sie endlich im Zimmer Platz hatten, und die heiligen Festfeuer verwandelten sich, in langsamer Umgestaltung ins Kleinere, in die Lichter und Lichterchen, welche heute vom Christbaum niederstrahlen.

Der Weihnachtsbaum war lange Jahrhunderte hindurch das alleinige Eigenthum des deutschen Volkes: nur bei uns brannte der Lichterbaum. Da erkannte man endlich auch im Auslande des Festgebrauches bedeutsam frommen Sinn und ahmte die Sitte nach. Nach England wurde sie durch den Prinzen Albert von Sachsen-Koburg, den Gemahl der Königin Victoria, eingeführt. Bezeichnend ist es, daß man in dem nüchternen Albion, wo nun einmal Alles aus Eisen hergestellt sein muß, versucht hat, auch den Christbaum aus Gußeisen nachzubilden. Diese „verbesserten deutschen Christbäume" werden durch Gas, das man durch die hohlen Aeste und Zweige leitet, erleuchtet. Nach Frankreich kam die Tanne durch die Herzogin von Orleans unter Ludwig Philipp und bürgerte sich wie bei Hofe so in den Kreisen der höheren französischen Gesellschaft ein.

Gegenwärtig hat der Christbaum die Runde durch die Welt gemacht. Wohin deutsche Auswanderer, deutsche Reisende, deutsche Missionare, deutsche Kultur gedrungen, überall haben sie den Weihnachtsbaum aufgerichtet, sodaß, wenn jetzt die heilige Nacht herniederschwebt, das Sinnbild deutscher Weihnacht in Nordamerika nicht weniger erglänzt, als im „Busch" Australiens, unter dem Aequator ebenso wie im ewigen Eise des unwirthbaren Nordens. Er zaubert der verlassenen deutschen Heimat unnennbaren Reiz in das einsame Blockhaus des Farmers und in den reichgeschmückten Salon des deutschen Kaufmanns an den Gestaden der Südsee. Die deutschen Krieger zündeten ihn an während des blutigsten aller Bürgerkämpfe, welche je einen so großen Staat gleich der Union zerfleischten, und auf dem Glanze seiner Lichter haftet heiliger Ahnung voll das Auge des neubekehrten Kaffern ...

Eine Zeit lang galt der Christbaum als Unterscheidungszeichen des Protestantismus und Katholizismus; dem letztern war statt der Tanne die „Krippe" eigen. Die „Krippen" sind plastische Darstellungen der Geburt des Jesuskindes in Bethlehems Stalle. In Italien im dreizehnten Jahrhundert aufgekommen, verbreitete sie sich später auch in Deutschland und den Niederlanden, wo die fromme Gewohnheit allmählig in die Privathäuser eindrang. Am beliebtesten sind die Krippen nächst Böhmen in Tyrol. Die Figuren, die zu einer solchen Krippe gehören, ruhen das Jahr über friedlich in den Dachkammern und werden vor jeder Weihnacht aufs Neue zusammengestellt; Schadhaftes wird ausgebessert, Fehlendes ergänzt, Neues hinzugefügt. Der Wald liefert Moos, Tannenzweige oder Stechpalmen, in Südtyrol großbeerige dunkle Epheuranken zum Schmuck der Krippe, welche endlich am Christabend „aufgemacht" wird. In dunkler Grotte liegt das Jesuskind, die Gottesmutter kniet an seiner Seite, während Josef am Eingange harrt. Hirten, meist in Tyroler Tracht, knien vor der Höhle oder auf der Moosweise, auf welcher weiße Lämmer grasen und goldbeschwingte Engel die Geburt des Weltheilands verkünden. Die Berge, die vor der Grotte aufragen, sind mit stolzen Burgen gekrönt, Herden weiden auf den Triften und Jäger mit Stutzen schweifen durch die Gefilde, um Hasen und Gemsen zu schießen. Hier führt ein Fleischer ein Kalb daher, dort steigt ein Förster mit einem erlegten Wild nieder, um es dem Christkindlein zu bescheren. Vor einem Bauernhause wird Holz gehackt, nicht weit davon betet ein Waldbruder neben einer Kapelle, während ein anderer Eremit einen steilen Felsenpfad herabwandelt. Knappen mit schwerbelasteten Karren tauchen aus dem Dunkel der Schachte auf, aus einer Schlucht tritt ein Bär, und ein zerlumpter Bettler hält dem Beschauer den abgeschabten Hut hin, um eine Gabe zu empfangen. Bei umfangreicheren Krippen tritt noch die Hochzeit zu Kana hinzu, mit reich in Gold und Sammet gekleideten Figuren, welche nicht selten auch beweglich sind.

In den protestantischen Dörfern, die an Böhmen grenzen, finden sich gleichfalls solche Krippen, dort „Bethlehems" genannt, jedoch nur vereinzelt. Ein weithin berühmtes Bethlehem mit beweglichen Figuren hatte seiner Zeit ein kunstfertiger Bauersmann in Steinigtwolmsdorf zusammengestellt. Nicht minder ergötzt sich in Bayern Groß und Klein an diesen plastischen Darstellungen, deren frommes Bunterlei um das Jesuskind, mit dem himmlischen Schein von Rauschgold um das Haupt, sich gruppirt. Da gewahrt man die heiligen drei Könige, deren kostbare

Geschenke von Kameelen herbeigeführt werden, die Hirten auf dem Felde, den Stern, den Engel, auf hellgrünen Triften weidende Lämmer; auch an einem Teich oder einer Quelle, an bunten künstlichen Blumen und Tannenzweigen gebricht es nicht. Weiterhin zeigt sich Bethlehem, Nazareth, Jerusalem, oder bei sehr großen Krippen selbst noch der Kindermord, die Flucht nach Aegypten und Anderes. Mancher Bürgersmann in München läßt es sich nicht nehmen, alljährlich „aufzurichten"; dann wird die Krippe jedesmal, nach dem Maßstabe der Mittel, verschönert und bereichert. Den Kindern aber beschert die liebe Mutter noch überdies ein „kleines Kripplein", in welchem außer dem Jesuskinde und seiner Mutter rothbraune Oechslein und blaugraue Eselein, ein Felsen von Pappe und auf diesem mit stolzen Zinnen thronend eine Stadt, welche Jerusalem vorstellen soll, als durchaus erforderliche Eigenthümlichkeiten nicht fehlen dürfen.

An manchen Orten, in größeren Städten und tannenarmen Gegenden, wird der Christbaum durch kleine grüne, vielfach ausgeschmückte „Pyramiden" ersetzt.

Bemerkt sei hierbei noch, daß die mit dem Anzünden des Christbaumes verbundene „Bescherung" nicht in allen Familien am heiligen Abend, sondern entweder am ersten Weihnachtstage vor Tagesanbruch, oder am Abend desselben, in vielen katholischen Gegenden am Tage Sanct Nikolaus stattfindet. Diese Verschiedenheit erstreckt sich auch auf die Art und Weise, die Liebesgaben zu spenden. Zu Reichenberg in Böhmen pflegt man die Krippel zu benutzen, um unter ihnen die Bescherung des Christkindes zu verstecken, das in einem mit vier milchweißen Rossen bespannten und ganz mit allerhand Spielwaaren und Näschereien beladenen kleinen Wagen in der heiligen Nacht durch die Lüfte daher fährt. Im Böhmerwald dagegen, wo sich das Christkindlein den in einem Zimmer versammelten Kindern bereits in der Dämmerung ankündigt, indem es mit einer Glocke läutet, sobald es den Wagen verläßt und seinem Gespann kurze Rast vergönnt, öffnet sich plötzlich die Thür so weit, daß eine goldene, d. h. mit Goldpapier überklebte Hand hindurchlangen und die für die Kinder bestimmten Geschenke in die Stube werfen kann. Unter lautem Jubel stürzen die Kleinen über die Gaben her, bemüht, so viel als möglich davon zu erhaschen; sie weichen jedoch entsetzt zurück, wenn eine Ruthe, eine Handvoll Erbsen oder ein Stück Brot hereingeschleudert wird, denn das Christkindlein giebt hierdurch sein Mißfallen zu verstehen und muß mit dem einen oder anderen nicht zufrieden gewesen sein. In vielen Gegenden wird nach der sogenannten „Christmette" beschert, welche um 12 Uhr stattfindet und überall sehr feierlich begangen wird; in Böhmen erscheint dabei sogar der Nachtwächter, welcher mit seinem Kuhhorn die zwölfte Stunde verkündet; ferner treten Hirten auf, die mit langen Pfeifen aus Birkenrinde ein frommes Lied abblasen, das vom Dudelsack und allen möglichen Vogelstimmen, unter denen ein Kukuk nie fehlen darf, begleitet wird. Auch stellt man Lämpchen in die Fenster, damit, wie das Volk sagt, das Christkindlein bei seinem Zuge durch das Dorf sich nicht anstoße. Einige protestantische Dörfer der sächsischen Oberlausitz haben die Mette am heiligen Abend gleichfalls beibehalten. Der Gottesdienst beginnt um 5 Uhr — die Kirche ist taghell erleuchtet, die Kosten dafür werden aus dem

Kirchenvermögen bestritten; zum Ueberfluß bringt Alt und Jung, Groß und Klein Wachsstöcke mit in die „Christnacht." Gebrauch bei dieser Vorfeier des Weihnachts= festes ist, daß die Schulkinder vom Chor das alte Kirchenlied „Vom Himmel kam der Engel Schar" allein und ohne Orgelbegleitung absingen. Dem Gottesdienst folgt die Bescherung, und nach derselben wird entweder Häringssalat oder Pilzsuppe gespeist, nämlich gedörrte Stein= oder Herrenpilze, mit einer süß=sauren Brühe zubereitet.

Deutsche Weihnachtsgerichte sind, außer den erwähnten lausitzer Pilzen, die auch in Böhmen, jedoch dort mit Pflaumensuppe, auf der Tafel erscheinen, vor allen der thüringische „Hahnewackel", der aus dem schönsten Geknöchel, wie Rippen, Flügel, Hals und Köpfen, aus Brezeln, geflochtenen Zöpfen (Kräppelzöpfe genannt) und Heringen, oder aus Kaffee mit „Jiddenkuchen" (Judenkuchen, einer Art Plinse aus feinem Gerstenmehl, in der Bratpfanne gebacken), Klump und Sauerkraut be= steht. Der Hahnewackel heißt auch „Biehnohchtsschmaus" [Weihnachtsschmaus] und wird nach der Zurückkunft von der Mitternachtsmette eingenommen. Ander= wärts wird das Weihnachtsmahl Abends vor der Christmette verzehrt; im Eger= lande geht während desselben der Dorfhirt von Haus zu Haus und bläst vor dem Fenster auf seinem Horn eine Weihnachtsmelodie, wofür ihm jede Familie ein Stück Stolle zu Theil werden läßt. Bei den Reicheren werden ledere Gerichte aufge= tragen: Fisch, gekochtes Dörrobst, Semmelmilch, Hering, grünes Obst und Stolle, letztere nach einem böhmischen Worte „Stritzel" genannt. An anderen Orten ißt man Mohnmilch mit kleinen Semmelbrocken, Mohnklößen, Karpfen, Aepfelsalat mit Heringen (diesen namentlich in Leipzig), Stockfisch, Reis in Milch, „Pförten" oder „Ochsenaugen" (eine Art Pfannkuchen), Krapfen (in Tyrol), Grünkohl, Lungen= wurst und Schweinsköpfe. Alle diese Gerichte, besonders der Eberkopf, sind Erin= nerungen an heidnische Festsitte, an uralte Opferschmäuse. Bei den nach Norden vorgedrungenen germanischen Stämmen war es Gebrauch, am Abend vor dem Julfest einen zu diesem Zweck besonders gepflegten Eber, den sogenannten Opfer=, Sühn= oder Sonneneber, in die Trinkhalle vor den König zu führen, um auf dem Rücken dieses heiligen Thieres unverbrüchliche Gelübde abzulegen. Auch das eigentliche Deutschland kannte eine hierher gehörige Sitte, und in der darm= städtischen Ortschaft Lauterbach pflegte man noch zu Anfang dieses Jahrhunderts bei Eröffnung des Gerichtstages ein fleckenloses Schwein, „Goldferch" genannt, zwischen den Bänken hindurchzuführen. Der Eber gehört zum Götterhaushalt des Frô, des gewaltigen Schwertführers, und der Schweinskopf, der zur Weihnachts= zeit verspeist wird, ist ursprünglich ein jenem Himmlischen dargebrachtes Opfer. Nun diente zwar das Haupt der geopferten Thiere eigentlich nicht zur Mahlzeit, son= dern wurde in besonderer Weise der Gottheit hingegeben; erst später, als das Christen= thum die Opfer beseitigte, blieb der Eberkopf dem Wohlgeschmack unserer Vorfahren erhalten und erschien als besondere Zierde auf der Tafel der Vornehmen. So wird es erklärlich, daß unter dem Weihnachtsbackwerk, das Hasen, Hirsche, Hähne u. dgl. darstellt, sich auch Schweine befinden.

Der Teufel und der Engel Gabriel.

3. Weihnachtssagen und Ueberlieferungen.

Wenden wir uns endlich zum deutschen Weihnachtsaberglauben. Niederrheinischer Sage zufolge verwandelt sich in der Weihnacht alles Wasser in Wein und lassen die Glocken der versunkenen Kirchen und Kapellen ihr klagendes Geläut vernehmen; das in der hochheiligen Nacht geschöpfte Wasser erhält sich, gleich dem Osterwasser, das ganze Jahr hindurch frisch. Das Vieh sowol in den Ställen als im Walde bekommt in der Mitternacht die Gabe zu reden; doch nur ein Sonntagskind kann die Sprache der Thiere verstehen. Während der Christmette kann man Diejenigen erblicken, welche im nächsten Jahre sterben werden, und wäscht man sich, sobald es zur Christmesse läutet, unter drei Brücken das Gesicht, so erblickt man enthüllt die Geheimnisse der Zukunft. Die Neugierigen pilgern hinaus in die winterliche Saat, um die künftigen Dinge zu erlauschen. In Schwaben wird in der Scheuer der Platz unter dem Obertenloche reingefegt und am nächsten Morgen nachgesehen, welche Frucht im Verlaufe der Nacht herabgefallen; diese geräth im nächsten Jahre vorzüglich gut. In Tübingen vernimmt man, wenn ein gutes Weinjahr bevorsteht, in der Christnacht Punkt zwölf Uhr ein dumpfes Klopfen in den Kufen der Keller. Auf Kreuzwegen und an Marksteinen lauschen die Abergläubischen dem Getöse in der Luft; ertönt es wie Schwertergeklirr und Roßgewieher, so steht Kriegsnoth zu erwarten. Um Regen oder Trockenheit des ganzen Jahres vorausbestimmen zu können, nimmt man in der Christnacht vor der Mette zwölf Zwiebelschalen, stellt sie vor die auf den Tisch geschriebenen Namen der zwölf Monate der Reihe nach auf und streut in jede Kochsalz hinein. Wenn man später aus der Kirche heimkehrt, hat sich das Orakel vollzogen: feuchtes Salz deutet auf nasse, unverändert gebliebenes auf trockene Monate.

Die ungewöhnliche Heiligkeit des Christfestes erstreckt sich selbst auf die Pflanzen. Mehrere von ihnen erblühen, dem Volksglauben nach, in dieser winterlichen Nacht. Bei Marienstein im Elsaß entfaltet sich am Christabend mitten im Schnee eine lieblich duftende Rose. In der Christnacht blühen Nelken, der Polei, der Safran, die eingangs genannte Christwurz (Nießwurz), die Mandragora und einzelne Kirschbaumzweige. Die Rose von Jericho, eben noch dürr und leblos, entfaltet sich und verbreitet angenehmen Geruch. Der Hopfen sproßt, selbst im tiefsten Schnee, wol fingerlang empor und alles im Keller befindliche Gemüse knospet. Die Frauen tragen das Tischtuch mit den Brosamen in den Garten und schütten letztere zu den Wurzeln der Bäume, um größere Fruchtbarkeit zu erzielen. Dies wird auch erreicht, wenn sie den Baum schütteln oder mit gebogenem Finger an den Stamm pochen, mit der Mahnung:

"Auf, Baum, heut' ist die heil'ge Nacht,
Bring' Früchte mehr, als du gebracht!"

"In der Rhön wälzen sich in der Christnacht die Leute auf ungedroschenem Erbsenstroh; die ausgefallenen Erbsen werden unter die Saaten gemischt, um den Ertrag der künftigen Ernte zu vervielfältigen. In der Nacht vom ersten auf den zweiten Feiertag läßt man in Thüringen das Feuer im Ofen nicht ausgehen; man stellt gefüllte Wasserzuber im Hausflur auf, um ein gesegnetes Jahr zu bekommen. Ackergeräth darf in der Christnacht nicht unter freiem Himmel stehen, sonst schadet ihm der feurige Drache. Zieht man zu Weihnachten Stroh aus dem Dache eines ererbten Hauses und findet beim Dreschen desselben einige Körner, so hat man ein glückliches Jahr zu erwarten. Den Pferden legt man in Ostpreußen Schneidewerkzeuge von Stahl und Eisen in die Krippe, um sie vor Krankheiten zu schützen. Die in der Christnacht geborenen Kinder werden glücklich und entdecken einst einen großen Schatz. Manche Berge öffnen sich um dieselbe Zeit und bieten Dem, der den Muth hat, hineinzutreten, ihre Reichthümer; wer jedoch verabsäumt, rechtzeitig wieder herauszugehen, den schließt der Berg ein zu ewiger Haft. Damit das Vieh vor Raude geschützt sei, wirft man in Lauenburg am Weihnachtsmorgen einen Hund ins Wasser. In Böhmen herrscht der Gebrauch, zu Weihnachten einen schwarzen Kater zu fangen, ihn zu tödten und abzukochen, worauf er im freien Felde begraben wird. Die letzten beiden Sitten deuten auf Opfer. Früher war das „Verwachen der Weihnacht" üblich. Selbst die Hausthiere durften sich dem Schlafe nicht überlassen, sondern wurden aufgetrieben und gefüttert. Im schwäbischen Orte Bühl rührt man sogar den Essig auf, weil er dann das ganze Jahr nicht ausgehen soll. Am Kaiserstuhl und im Albthal holt man in der Christnmitternacht das „Heilwaß", d. i. das heilige Wasser, welches das Haus segnet, Leibweh heilt und vor Schaden bewahrt; wer es unbewußt oder zufällig in der Mitternacht schöpft, dem wird es zu Wein.

Tiefe, seltsame Geheimnisse voll Grauen und Schauer bilden die Ausrüstung der schon erwähnten „Zwölften"; losgelassen sind die Gespenster, alles Böse seiner Fesseln entkettet und ihm freier Spielraum gestattet; die in Spukgestalten verwandelten Gottheiten der Vorzeit treiben ihr unheimliches Wesen. Unterlassen soll man die Arbeiten der Werkeltage, denn es ist heilige Zeit; selbst das Spinnrad, das Merkmal ländlicher deutscher Häuslichkeit, darf nicht sein trauliches Schnurren in das Geplauder der Spinnstube mischen; zeigt man den Obstbäumen den Rocken, so vermindert sich ihre Fruchtbarkeit. In Mecklenburg ertheilt die Volkssitte während der Zwölften gewissen Thieren andere Namen, der Fuchs z. B. heißt „Langschwanz", die Maus „Bönlöper" u. s. w.; wer den eigentlichen Namen gebraucht, verfällt in eine Geldstrafe, deren Betrag später vertrunken wird. Weder Erbsen noch andere Hülsenfrüchte sollen auf den Tisch kommen, und so giebt es noch zahlreiche Vorschriften für das Verhalten, welches man dabei zu beobachten hat. Uebertreter ereilt stehenden Fußes die Vergeltung. Besonders der „Wilde Jäger" straft jeden Fürwitz der Menschen unnachsichtlich. Wer ihn daherbrausen hört, den riesenhaften Reiter auf dem rothgefleckten Schimmel mit seinem grauenvollen Gefolge, muß sich mit dem Gesicht auf den Boden werfen, sonst schleppt ihn der Schreckliche von hinnen. Neugierige, welche ihn sehen wollten, wurden geblendet, und nach Spöttern, welche ihm Hohnworte zuriefen, Pferdeschinken oder Bocksfüße geschleudert, daß sie vor Schrecken starben. Schrecknisse ohne Gleichen begleiten den Umzug des Wilden Heeres: Trunkenbolde, der ewigen Verdammniß verfallen, unselige Selbstmörder in gräßlicher Verstümmelung, schattenhafte Reiter ohne Kopf oder den Kopf unter dem Arme, Andere das Gesicht im Nacken sitzend, quer über den Sattel gebunden, ihre Rosse kohlschwarz oder dreibeinig mit flammenden Augen und funkensprühenden Nüstern, wiehernd und schnaubend, feurige Hunde, jagend und gejagt, mit dumpfem, heiserm Gebell. Da ertönen wilde Jagdweisen, da knallen die Peitschen, da erschallt der Reiter rauhstimmiges Huhu! Halloh! Hoto! — Fromm schlägt der einsame Wanderer ein Kreuz, oder wirft sich — so sahen wir eben — mit dem Gesicht auf die Erde, um den Zug ohne Nachtheil vorüberbrausen zu lassen. Der auf dem Felde überraschte Landmann muß sich zu seinem Schutz unter der Egge verbergen, denn leicht würde er sonst ergriffen und meilenweit fortgeführt... auf abstürzigem Felsen fände er sich wieder, oder in fernem unbekannten Lande und möchte sich erst nach Jahren in die Heimat zurückbetteln. Zu diesem Höllenaufzuge kommt noch die Aussage der gespenstischen Reiter, daß sie Verdammte seien, welche zur Strafe diese Marter erleiden; weil sie gewünscht, ewig jagen zu dürfen, wurden sie verflucht, ewig jagen zu müssen. Doch

auch freundlich bezeigen sich die Jäger bisweilen; geringe Dienste belohnen sie reich-
lich: das Band, an welchem ein Bauer dem Wilden Jäger die Hunde gehalten,
bringt ihm Segen, so lange er es besitzt.

Auch die Sage vom Wilden Jäger erinnert wieder an das Heidenthum.
Der riesenhafte Reiter auf rothgeflecktem Schimmel und sein Jagdtroß ist wieder Wuotan, der an der Spitze der nach Walhalla geladenen Helden daherzieht.

Der Wilde Jäger.

Um jeden Zweifel hierüber zu beseitigen, heißt der Anführer des Wüthenden
Heeres in einigen Gegenden geradezu „Breithut", erscheint also mit einem Beinamen Wuotan's ausgerüstet. Noch heute sagt man in Pommern, wenn in der Luft
ein Getöse erschallt: „De Wode tüt!" Die Umgestaltung der heidnischen Vorstellung
in einen Jagdzug Verdammter nach christlicher Anschauung erfolgte muthmaßlich
im Mittelalter und mußte um so näher liegen, als das Volk in jenen Jahrhunderten

von drückenden Jagdfrohnen schwer zu leiden hatte und ohne Murren, ohne Widerspruch zuschauen mußte, wie das gehegte Wild seine Felder verwüstete. Solcher Frevel konnte nicht ohne göttliche Strafe bleiben, und so versetzte der Volksglaube seine erbarmungslosen Peiniger in das Wüthende Heer, wo sie, verwünscht von ihren Opfern und der Hölle verfallen, unstät umherschweifen müssen bis zum Jüngsten Tage.

Frau Holle mit der Wilden Jagd.

An der Spitze der Wilden Jagd reitet oft Frau Holle, von schneeigem Rosse getragen. Ihr Heimwesen ist im Hörselberg, dessen Inneres einem weiten, lichterhellten Gewölbe gleicht. Da gewahrt man Rosse mit kunstvoll geflochtenen Zöpfen und in den mannigfachsten Lagen, ernst und schweigend, die Todten, welche nimmer lachen. Zieht die Göttin mit dem Wilden Heer aus ihrem Berge hervor, so schreitet dem Zuge ein Greis mit herabwallendem Bart, der „treue Eckhart", voraus und warnt die Leute. Einst begegneten ihm zwei Kinder, welche soeben einen Krug Bier für ihre Eltern aus dem Wirthshause geholt hatten. Das Gefolge der Holle hielt sie an, nahm ihnen den Krug ab und leerte ihn. Die Kleinen weinten bitterlich, doch der treue Eckhart beruhigte sie: der Krug werde sich wieder füllen und niemals leer werden, so lange sie Jedem verschweigen würden, woher die Wundergabe komme. Also geschah es auch; allein auf die Dauer vermochten die Kleinen den verwunderten Fragen ihrer Eltern nicht zu widerstehen: sie plauderten und von Stund' an versiegte des Kruges geheimnißvolle Quelle. Bekanntlich hat Goethe diese Sage zum Vorwurf einer Ballade gewählt. Wie der treue Eckhart, füllte auch Frau Holle selbst einem kleinen Mädchen das Gefäß mit köstlichem Labetrunk, der niemals abnahm.

Frau Holle oder Holda, d. h. die holde, gnädige, war ursprünglich, als die Religion der Germanen noch in der Verehrung der Naturmächte bestand, die regenspendende Wolle, des Sturmgottes Gemahlin. Als Himmelskönigin besaß sie später die Herrschaft über Wolken und Wind, gewährte Sonnenschein, begünstigte den Obstbau sowie das Gedeihen der Feldfrüchte und war die mütterlich sorgsame Schützerin des Frauenlebens mit seinem häuslichen Schaffen, namentlich dem Spinnen. In dieser freundlichen Gestalt hält sie zur Weihnachtszeit ihren Umzug. Die Mägde statten ihren Rocken ungewöhnlich reich mit Werg oder Flachs aus und lassen ihn über Nacht stehen. Gewahrt Frau Holle den prächtigen silbernen Flachs am Rocken, so äußert sie ihren Beifall mit dem Spruche:

"So manches Haar,
So manches gute Jahr!"

Diesen Umzug hält sie Nacht für Nacht bis zum Dreikönigstage. Kehrt sie dann zum zweiten Male in den Häusern ein, so erregt noch nicht abgesponnener Flachs ihren Unwillen und der Spruch der Erzürnten lautet:

"So manches Haar,
So manches böse Jahr!"

Deshalb reißen die Mägde um jene Zeit Das, was sie nicht abgesponnen haben, sorgfältig vom Rocken ab. In Hessen und Thüringen wird Frau Holle als glänzend weiße Frau mit langem goldenen Haar dargestellt, von der es heißt: "Frau Holle schüttelt ihr Federbett aus", wenn es recht dicht schneit. Am Dreikönigstag erblickt man sie noch zuweilen; denn dieser Tag, an welchem sie ihren Umzug beendete, war ihr besonders geweiht. Die Göttin erscheint jedoch auch in abschreckender Gestalt als Frau Perchtha, mit zottigem Haar und in eine Kuhhaut gehüllt. In ihrer Nacht, der Berchthennacht, muß man Klöse oder Fisch essen; dem Ungehorsamen schneidet sie den Bauch auf, füllt ihn mit Häckerling und näht ihn statt mit einer Nadel mit einer Pflugschar wieder zu, wobei sie sich einer Eisenkette als Faden bedient. Häufig entführt sie Personen, welche am Morgen als entseelte Leichname gefunden werden, mit seltsamen fremden Blumen zwischen den Fingern und Zehen. Bösen Kindern schneidet sie den Leib oder die Fußsohlen auf und streut Salz in die Wunden; den guten zeigt sie das goldene Schweinchen. Faulen Spinnerinnen bezeigt sie sich unhold und besudelt den nicht abgesponnenen Rocken. In Mähren wird sie zur männlichen Spukgestalt und schreckt als „Schperechta" mit gewaltigem

Bohrer die Kinder. In Oberösterreich und im Salzburgischen nimmt „Frau Berch" oder „Berch" bei ihrem Umzuge die Knaben und Mädchen mit, welche das Jahr hindurch nicht gefolgt haben, d. h. sie sterben. Hier verwandelt sich die früher Lebenspendende ganz in die Todesgöttin, deren Gefolge die Seelen der verstorbenen Kinder bilden.

Der treue Eckart.

Erst am Dreikönigsabend hat die deutsche Weihnachtszeit in dem Sinne, welche wir für unsere Schilderung als maßgebend erachteten, ihre Endschaft erreicht, die nun auch im Familienkreise den entsprechenden Ausdruck findet. Der Weihnachtsbaum ist fast überall verschwunden oder, wo er sich noch erhalten, seines goldenen Schmuckes beraubt; berührt man ihn, so läßt er trauernd seine Nadeln fallen ... er scheint zusammenzuschrumpfen, und endlich überliefert ihn die erbarmungslose Hand der Magd den Flammen, welche ihn verzehren. Den schönen

Engel aber mit seinen weißen Füßen und glänzenden Flügeln stellt die sinnige Hausfrau in den Glasschrank, wo er, an einem Faden schwebend erhalten, noch immer die Kinder ergötzt. Diese, soweit sie nicht die Schule besuchen, sonnen sich bei ihren Spielen noch im Nachgenuß des lieben Festes. Das Spielzeug erinnert freilich auch bereits mehr oder weniger an die Vergänglichkeit alles Irdischen: dem Lämmchen fehlt ein Fuß, das Schaukelpferd hat ein Ohr verloren, die Puppen zeigen zum Theil ausgerenkte Arme und Beine, und der Nußknacker hat seinen langen baumwollenen Bart eingebüßt; aber eben deshalb — so scheint es fast — ist Alles den Kindern nur noch lieber und theurer. Die Großen gehen schon längst wieder ihren gewohnten Beschäftigungen nach, welche nur noch durch das Neujahrs= fest eine kurze Unterbrechung erlitten haben. Jetzt werden auch die Krippen, die so vieler Andächtigen Freude waren, aus einander genommen und an geeigneten Orten, meist in Dachkammern, aufbewahrt, wo nun friedlich Herodes und das Jesuskind, die heiligen drei Könige aus dem Morgenlande, die rosenrothen Ochsen und blau gemalten Esel, der Stern von Bethlehem und die Stadt Jerusalem neben= einander ruhen. Auch die Spukgestalten sind verschwunden; nicht mehr schreckt Knecht Ruprecht oder die unheimliche Perchtha, welche den Kindern den Leib auf= schneiden will, die weinenden Kleinen, und in der Berggrotte stehen regungslos Frau Holle's Rosse mit den geflochtenen Zöpfen, verharren wieder in den verschie= denften Lagen, ernst und schweigend, die Todten, welche nimmer lachen. Auf ein solches Weihnachtsfest kann kein anderes Volk zurückblicken, als das deutsche, kein anderes Volk kennt eine so traute Erinnerung an die „liebe" Weihnachtszeit, von welcher nun auch wir wehmüthig Abschied nehmen und der entschwindenden mit weißen Tüchern nachwinken, gleich einem theuren Wesen, das uns auf lange verläßt.

Maria und Josef in den Weihnachtsspielen.

Max Frost.

Eine Weihnachtsgeschichte.

Von August Schrader.

1. Bei armen Leuten.

In einer der engsten Gassen der großen Handelsstadt B. sah man über der Thür eines schmalen einstöckigen Hauses ein Schild mit der Aufschrift: "Heinrich Borsmann, Instrumentenmacher." Neben der Thür befanden sich zwei Fenster, die der Werkstatt; es verriethen dies die Sägen, Hämmer, Hobel und Breter, die sich durch die bestäubten Glasscheiben erkennen ließen. Betreten wir die Werkstatt, um den Meister, der hier seine Kunst betrieb, kennen zu lernen; da steht er an einem glänzenden Piano, das er forschend betrachtet. Das elegant gebaute Instrument stach recht ab gegen die fast ärmliche Umgebung. Der Meister, ein noch junger

Mann von kaum dreißig Jahren, glich einem Tischler; er trug eine blaue Schürze, graue Sommerbeinkleider und Pantoffeln. Da das Hemd emporgerollt war, konnte man seine markigen, durch die Arbeit gestählten Arme erkennen, die über einander geschlagen auf der breiten Brust ruhten. In dem Hintergrunde der Werkstelle öffnete sich eine Thür, aus der eine junge Frau trat.

„Heinrich", rief sie, „das Mittagsessen steht auf dem Tische!"

Der Meister schien die Einladung nicht zu hören, er streckte die Hand aus und schlug einige Töne auf dem Instrumente an. Dann schüttelte er den Kopf, als ob er sagen wollte: „Ich bin nicht zufrieden, es muß anders werden." Die Frau hatte sich ihm indeß genähert. „Was ist Dir, lieber Mann?" fragte sie theilnehmend. „Du bist gewiß wieder unzufrieden mit dem Instrumente, das doch ein wahres Prachtstück ist. So ein Möbel kann in jeder Putzstube stehen."

Auf dem Gesichte des Meisters zeigte sich ein trauriges Lächeln. „Wie Du das verstehst, liebe Elise," antworte er nach einem tiefen Seufzer. „Ich will nicht Möbel, sondern Kunstwerke bauen, die sich den Beifall der Künstler erwerben. Da habe ich nun geglaubt, ich habe eine neue Erfindung gemacht, die Aufsehen erregen wird, und nun steht ein ganz gewöhnliches Instrument vor mir, wie es jeder Pfuscher baut. Ach, das Glück wendet mir den Rücken, ich soll nicht emporkommen!"

Er schlug verdrießlich den Deckel zu und ging in das Wohnstübchen, das an die Werkstatt grenzte. Schweigend setzte er sich zu Tische. Die Frau begriff ihren Mann nicht, denn sie hielt das Instrument, dessen glänzendes Aeußere ihr gefiel, für vollkommen gelungen. Hätte sie gewußt, was dem armen Meister eine Viertelstunde früher geschehen, sie würde anders geurtheilt haben. Es war nämlich ein Mann da gewesen, der das Piano kaufen wollte; nachdem er es untersucht und gespielt, hatte er erklärt, daß der Ton zu schwach und die Spielart zu schwer sei, er müsse darum von dem Kaufe abstehen. Ein gleiches Urtheil hatten schon einige andere Käufer abgegeben und ein so niedriges Anbot gethan, daß dem Meister kaum die Auslagen gedeckt wurden, wenn er sein Werk dafür hingegeben. Und doch mußte er verkaufen, um Geld zu erhalten, denn seine Kasse war leer und die Noth stand drohend an der Schwelle seiner Thür. Heinrich Borsmann war ein geschickter Tischler, aber er hatte das Gewerbe aufgegeben, um künstliche Instrumente zu bauen, wozu er die Befähigung in sich fühlte. Sein strebsamer Geist hatte stets gesonnen und gegrübelt und es war ihm wie so manchem Andern ergangen, der sich zu viel zugetraut: er hatte sein kleines Vermögen in Unternehmungen gesteckt, die ohne Erfolg geblieben. Jetzt saß er traurig am Tische, das Essen wollte ihm nicht munden, auch das Geplauder der Frau konnte ihn nicht erheitern.

„Gehen wir!" rief er plötzlich.

„Wohin?" fragte die Frau.

„Zur Industrieausstellung, die jetzt in unserer Stadt eröffnet ist. Ich will mir die dort ausgestellten Instrumente ansehen, vielleicht bringt es mir Nutzen."

„Auch Du wolltest ja Dein Piano ausstellen!" rief die Frau.

„Mir fehlte der Muth dazu; es ist auch besser, daß ich es unterlassen habe.

Das nächste Mal aber stelle ich ein Musterinstrument aus. Ich lasse nicht ab, bis ich das Ziel erreicht habe."

Schon nach einer halben Stunde verließ der Meister das Haus; er sah recht stattlich aus in seinem blauen Sonntagsrocke, und der gelbe Strohhut mit dem schwarzen Bande stand ihm gut. Auch die junge Frau war sonntäglich gekleidet, und man mußte es ihr nachrühmen, daß sie eine zwar einfache, aber geschmackvolle Toilette gemacht hatte. Wer die Beiden sah, hätte kaum glauben mögen, daß sie sich in mißlichen Vermögensumständen befanden; sie glichen Bürgersleuten, die ein gutes Auskommen hatten. Und wahrlich, der brave Meister würde heute ein gemachter Mann gewesen sein, wenn er bei seiner Profession geblieben wäre, die er aus dem Grunde verstand.

Auf einem großen Platze vor der Stadt war der Industriepalast erbaut: Tausende von Menschen strömten dem hohen Portale zu, das mit Flaggen, Guirlanden und Kränzen geschmückt war. Der Landesherr selbst hatte die Ausstellung in Person eröffnet, und um ihn zu ehren, hatte man den reichen Festschmuck angebracht. Es kostete Mühe, den Weg durch das Gewühl zu bahnen, das mit jedem Augenblicke sich zu mehren schien. Vornehme und geringe, große und kleine Leute müheten sich ab, den Eingang zu den Hallen zu erreichen, welche die Schätze der Kunst und Industrie bargen. Meister Borsmann, seine Frau am Arme führend, ward weidlich gedrängt und gestoßen; geduldig ertrug er die Pein, denn nicht eitle Lust zum Schauen trieb ihn, sondern die Wißbegierde, der Durst nach Forschen und Erlernen. Endlich war die Schwelle überschritten. Der Meister hatte keinen Sinn für die in den ersten Räumen ausgestellten Kunstsachen, die zu beschreiben nicht in den Bereich unserer Erzählung gehört; er ging weiter, bis er die Abtheilung des riesigen Palastes fand, in der die Musikinstrumente prangten. Welch ein Anblick bot sich dem armen Meister, der im Kleinen arbeitete, allein, ohne Gehülfen! Große Konzertflügel, kleine Putzflügel, Pianos und Pianinos der verschiedensten Formen und Größen prangten in langen Reihen. Die berühmtesten Fabriken Deutschlands, Frankreichs, Englands und Amerika's hatten ihre Produkte zu dem Wettkampfe gesandt, der hier ausgefochten werden sollte. Frau Elise empfand doch ein banges Gefühl, als sie diese Herrlichkeiten erblickte: sie mußte sich sagen, daß das Instrument ihres Mannes neben diesen Prachtexemplaren kaum bemerkt werden würde, wenn es zur Ausstellung gelangt wäre. Der Meister hörte ernst auf die vollen, wohlklingenden Töne, die geschickte Hände den Flügeln entlockten; er trat näher, prüfte den Mechanismus und seufzte wie ein Mensch, der sagen will: bis zu dieser Vollkommenheit werde ich mein Werk wol nie bringen.

Eine vornehm aussehende Dame setzte sich an eins der Instrumente und spielte. Aller Blicke richteten sich auf sie, denn sie spielte mit einer Fertigkeit, die Bewunderung erregte. Ihre weißen Finger eilten im Fluge über die elegante Tastatur und die Töne, die sie hervorrief, schienen rollende Goldperlen zu sein. Ihr zur Seite stand ein kaum sechsjähriger Knabe mit einem blonden Lockenköpfchen, wie ihn ein Maler kaum schöner erschaffen kann. Das Kind lauschte mit angehaltenem Athem, seine großen blauen Augen glänzten vor Entzücken und seine rosigen Lippen zuckten leise. Frau Elise hatte keinen Sinn für die Musik, ihre ganze Aufmerksamkeit war auf den Knaben gerichtet, der mit lauter Stimme rief, als die Dame geendet hatte:

„Mutter, nun laß mich einmal auf dem schönen Flügel spielen!"

Die Mutter legte lächelnd ihre feine Hand auf das Haupt des Sohnes.

„Du bist zu schwach, lieber Max!" entgegnete sie. „Hier kannst Du Dich nicht hören lassen."

„Kaufe mir das Instrument, daß ich zu Hause spielen kann!" bat Max.

Das Gesicht der Dame nahm einen traurigen Ausdruck an.

„Später, später!" rief sie hastig. „Ich werde Dir einen schönen Flügel kaufen, wenn Du fleißig übst."

Sie trat mit dem Kinde zurück und ging langsam durch die Halle, lauschend auf die Töne anderer Instrumente, die hier und dort gespielt wurden. Die Mutter des Kindes war eine stattliche, schöne Erscheinung; ihr edel geformtes Gesicht, wenn auch bleich, nahm auf den ersten Blick für sich ein, ihr volles, glänzend schwarzes Haar lag in schweren Flechten unter dem feinen Strohhütchen, das ihr Haupt schmückte. Ein kostbarer türkischer Sommerschal hüllte ihre ganze Gestalt ein. An der Hand, mit der sie den Knaben führte, glänzte ein kostbares Bracelet.

„Die Dame muß sehr reich sein!" flüsterte Frau Elise ihrem Manne zu. „Vielleicht ist sie eine Fürstin, die ein Instrument sucht. Du könntest ihr das Deinige anbieten."

Meister Vorsmann mußte trotz seiner Traurigkeit lächeln; schweigend betrachtete er das nächste Piano, das vor ihm stand. Er las die Firma der Fabrik und schlug einige Töne an, deren Rundung und Fülle ihn überraschten. Immer mehr der Menschen hatten indeß den Palast betreten, im bunten Zuge bewegten sie sich in die angrenzenden Abtheilungen, wo Maschinen aller Art von dem Erfindungsgeiste der Menschen zeugten. Plötzlich entstand ein Gedränge an den Thüren, der Strom der Menge stockte und aus dem tiefen Innern hörte man den Ruf „Feuer! Feuer!", der sich von Abtheilung zu Abtheilung fortsetzte. „Hinaus, hinaus!" riefen Stimmen. „In das Freie! Die Decke stürzt ein!" Die Masse der Menschen drängte den Ausgängen zu; ein Schreien, Stöhnen, Jammern und Hülferufen entstand, das zu beschreiben einer Feder nicht möglich ist. Frauen und Kinder kreischten auf vor Angst und Schrecken, die Männer riefen zur Ruhe und Besonnenheit. Unaufhaltsam stürzten Alle den Thüren zu, Jeder wollte sein Leben retten, das er bedroht wähnte. Meister Vorsmann hatte so viel Geistesgegenwart, daß er sich mit seiner Frau hinter einen der großen Flügel zurückzog, der ihm als Schutzwehr diente und den Strom vorüberbrausen ließ. Hier wurde ein Kind, dort eine schwache Frau zerdrückt. Das Getöse ward mit jedem Augenblicke schrecklicher, als sich wirklich ein Brandgeruch verspüren ließ. Da sah der Meister den Knaben der Dame, die so schön gespielt hatte; er eilte hinzu und riß ihn aus dem Gedränge. Das arme Kind war wie durch ein Wunder erhalten.

„Mutter, Mutter!" rief der Knabe. „Liebe Mutter!"

Frau Elise beschwichtigte ihn.

„Du willst die Mutter wiederfinden, mein Kind; bleibe ruhig bei uns, wir beschützen Dich."

Schon nach fünf Minuten war die erste Aufregung vorüber. Es hatte zwar ein Brand stattgefunden, der beim Heizen einer Maschine entstanden, aber die Löschmannschaften hatten sofort die Flammen gelöscht, die einige leichte Ballen und Sparren ergriffen. Leider war der Tumult nicht ohne Folgen geblieben; es gab arge Verwundungen, selbst einige Todte, an denen man vergebens Wiederbelebungsversuche anstellte.

Meister Vorsmann und Elise suchten nun nach der Mutter ihres Schützlings. Sie durchschritten alle Räume des Industrie-Palastes und durchsuchten die Umgebung ... die Dame war nirgends zu finden. Der Abend brach an und die Ausstellung wurde geschlossen.

„Was beginnen wir?" fragte die Frau. „Wir können doch den Knaben nicht verlassen."

Vorsmann ging in das Polizeibureau, das in einer Abtheilung des Palastes sich befand, und meldete den Vorfall. Der Kommissar nahm ein Protokoll auf und fragte den Knaben, der weinend neben Frau Elise stand, um Auskunft über seine Mutter. Das Kind wußte nichts, es konnte nur antworten, daß es Max Frost heiße. Auch der Meister mußte seinen Stand und seine Wohnung angeben. Der Kommissar bat ihn, das Kind mit sich zu nehmen und so lange zu behalten, bis die Mutter sich melden würde. Als Frau Elise sah, daß ihr Mann zögerte, zustimmend zu antworten, rief sie: „Wir nehmen das Kind mit uns, ich will es wie eine Mutter so lange versorgen, bis die Dame sich meldet." Vorsmann konnte seiner Gattin keinen Wunsch abschlagen, er gab sofort seine Einwilligung. Der Kommissar, ein Mann der Vorsicht, schickte nun einen Diener mit, der sich von der sichern Unterbringung des verlassenen Knaben überzeugte. Max verhielt sich ruhig; die freundliche Behandlung und das zutrauliche Wesen behagten ihm. Er genoß die ihm dargereichten Speisen und ließ sich von der erfreuten Meisterin küssen, als ob sie eine alte Bekannte wäre. Man mußte ihn zeitig zu Bett bringen, da er sehr müde war. Wie ein schlummernder Engel lag der schöne Knabe in den weichen Kissen, keine trübe Erinnerung störte den sanften Schlaf, der ihn wohlthätig umfangen hielt. Der Meister hatte nie so zart geröthete Wangen, so frische Lippen und ein so reiches blondes Haar gesehen, als er an Max zu bewundern Gelegenheit fand. Und Frau Elise erst, die konnte sich von dem reizenden Anblicke nicht losreißen.

„Das ist eine seltsame Geschichte," meinte der Meister. „Der Knabe scheint sich nach der Mutter gar nicht zu sehnen, und die Mutter kümmert sich um das verlorene Kind nicht; sie hätte längst bei dem Kommissar nachgefragt haben müssen. . . .

„Vielleicht ist die arme Dame in dem Gedränge verunglückt."

„Wenn dies geschehen, hätten wir schon davon gehört. Die vornehme Dame muß wenig Liebe zu ihrem Kinde haben."

„Morgen wird es sich schon zeigen," meinte die Frau. „Ach, ich wollte, wir könnten den Max behalten!"

Meister Vorsmann wandte sich ab, er mußte einen Seufzer unterdrücken, denn er gedachte seiner traurigen Lage, die ihn hinderte, für den Verlassenen zu sorgen, wie er wol möchte. Der arme Mann hatte Mühe, zwei Personen zu ernähren, und nun sollte eine dritte hinzukommen.

„Wenn wir wohlhabend wären," dachte er, „würde ich das Kind mit Freude als das meinige betrachten. Die Verwandten desselben werden sich schon einfinden."

Die Meisterin untersuchte nun die Kleider des Findlings, die von den feinsten Stoffen nach der neuesten Mode gearbeitet waren. Das Hembdchen mit sauberer Krause, mit den Buchstaben M. F. gezeichnet, bestand aus dem feinsten Linnen.

„Sieh, sieh!" schrie Frau Elise, die sich über den kleinen Schläfer hinabbeugte.

„Was ist denn?"

„An der schwarzen Schnur hängt ein goldenes Kreuz."

„Laß doch!" mahnte der Meister, als er sah, daß Elise das Kreuz näher betrachten wollte.

„Es sind flimmernde Steine daran, Edelsteine."

„Und wenn es Diamanten wären, sie dürfen uns nicht kümmern."

„Mein Gott, ich will ja keinen Raub verüben, ich will nur meine Neugierde befriedigen."

„Morgen, wenn der Knabe wacht; jetzt laß ihn schlafen."

Und dabei blieb es. Frau Elise suchte ihr Bett auf. Der Meister ging noch einmal in seine Werkstatt, betrachtete das Instrument und schlug von Zeit zu Zeit leise Töne an, auf deren Schwingungen er aufmerksam lauschte.

„Ach ja," murmelte er traurig vor sich hin, „die Leute haben wohl Recht: meinem Instrumente fehlt noch so Manches, ehe es für ein Kunstwerk gelten kann. Mit der Erfindung, die ich gemacht zu haben glaubte, ist es wieder nichts... sie hat sich nicht bewährt, ich muß noch einmal anfangen. Wenn ich nur eine kleine Summe hätte, die mich vor Nahrungssorgen schützte. Da giebt es eine Menge reicher Leute, die mich unterstützen könnten; leider haben sie kein Interesse an der Kunst, sie lächeln über meine Pläne und nennen mich einen Narren. Nein, die Noth soll mich nicht abschrecken, ich fahre fort. Die Instrumente, die ich in der Ausstellung gesehen, haben auch noch Mängel, und diese zu beseitigen, soll meine Aufgabe sein. Ich weiß schon, wo der Fehler steckt... die Umänderung ist bald geschehen, dann wird es sich zeigen."

Gegen Mitternacht ging der Meister schlafen. Am folgenden Morgen gegen sieben Uhr saß die kleine Familie beim Frühstück. Max, sauber geputzt, zeigte wiederum einen gesunden Appetit.

„Möchtest Du nicht bei Deiner Mutter sein?" fragte Frau Elise, die dem Kinde Milch und Weißbrot reichte.

Max schüttelte lächelnd das Lockenköpfchen und trank. Nun fragte der Meister:

„Warum nicht?"

Das freundliche Gesicht des Knaben ward plötzlich ernst.

„Sie schlägt mich immer!" flüsterte er. „Auch sperrt sie mich in eine dunkle Kammer, wenn ich nicht gut spielen kann."

„Was spielst Du denn, mein Kind?"

„Das Piano, die Mutter hat es mich gelehrt."

„Deine Finger sind ja noch so klein und schwach, daß Du kaum die Tasten niederdrücken kannst."

Max betrachtete seine Finger.

„Sie werden schon wachsen," meinte er.

„Willst Du mir etwas vorspielen?"

Er sah durch das Stübchen als ob er ein Instrument suchte, dabei nickte er mit dem Kopfe. Borsmann ergriff die Hand des Findlings und führte ihn in die Werkstatt. Max betrachtete mit glänzenden Augen das neue Instrument, welches geöffnet vor ihm stand. Frau Elise holte einen Stuhl und legte ein hohes Kissen darauf. Der Platz paßte für den kleinen Künstler, der sich ruhig emporheben ließ. Nachdem er einige Augenblicke überlegt hatte, begann er zu spielen. Der Meister war starr vor Erstaunen, als er die kleinen Finger mit einer Sicherheit und Gewandtheit über die Tasten gleiten sah, die einem viel ältern Knaben zur Ehre gereicht haben würde. Es bedurfte keines besondern Scharfsinnes, um zu errathen, daß der Himmel den Knaben mit einem großen Talente ausgestattet, dessen Vernachlässigung eine Sünde gegen die Kunst gewesen wäre. Die Eheleute konnten sich von ihrem Erstaunen kaum wieder erholen. Und Max spielte immer fort, er hatte einen wahren Schatz von Kompositionen in seinem Gedächtnisse.

„Das ist ein Wunderkind!" rief Elise. „Ich habe so etwas nie gehört!"

Sie küßte den kleinen Künstler und trug ihn in die Wohnstube zurück, wo sie ihn mit allen Bequemlichkeiten versah, die herbeizuschaffen ihr möglich war.

„Frau," sagte ernst der Meister, „der Mutter muß ein Unglück geschehen sein, daß sie sich um ihr Kind nicht kümmert."

„Man wird es wol bald abholen, vielleicht diesen Morgen noch!" fügte Elise traurig hinzu, die den reizenden Knaben gern im Hause behalten hätte.

„Wie Gott will! Der Mutter dürfen wir ihn nicht verweigern."

Der Vormittag verfloß, ohne daß Nachfrage gehalten wurde. Frau Elise erschrak, so oft die Thür geöffnet wurde; sie glaubte, die Dame müsse eintreten, um ihren Sohn zu holen. Aber es kamen nur Leute, die Geld verlangten, denn der arme Meister hatte Schulden, die er nicht bezahlen konnte, weil das Geschäft nichts eintrug. Für den Nachmittag ward ein Besuch der Ausstellung beschlossen. Max, den man nicht allein zu Hause lassen konnte, mußte seine Beschützer begleiten. Borsmann suchte sofort den Kommissar auf, der ihm mit Bedauern eröffnete, daß bis jetzt Niemand nach dem Knaben gefragt habe. Frau Elise konnte kaum ihre Freude unterdrücken; sie entgegnete dem Kommissar:

„Glauben Sie nicht, daß wir das Kind los sein wollen; wir erkundigen uns nur der Mutter wegen, die in großen Sorgen leben muß."

„Das Benehmen der Mutter", meinte der Mann der Ordnung, „erscheint mir räthselhaft. Verunglückt kann sie nicht sein, da überhaupt ein schweres Unglück bei dem Tumulte nicht vorgekommen. Und wäre es, so hätten wir die Dame finden müssen, die nach Ihrer Aussage die Mutter sein soll. Morgen werden wir eine Bekanntmachung durch die öffentlichen Blätter erlassen und die Angelegenheit auf gesetzlichem Wege ordnen. Bleiben unsere Bemühungen erfolglos, so müssen wir das verlassene Kind dem Waisenhause übergeben.

Die erschreckte Frau bat, man möge ihr den Knaben lassen, für den als Mutter zu sorgen sie sich verpflichten wolle. Der Kommissar versprach, diese Bitte zur Berücksichtigung höhern Orts zu empfehlen, sobald amtlich festgestellt sei, daß das Kind den Schutz der Eltern entbehre. Wir übergehen einen Zeitraum von vier Wochen. Trotz der öffentlichen Bekanntmachungen hatte sich Niemand gemeldet, der für das Schicksal des verlassenen Kindes ein Interesse zeigte. Die Behörde hatte dem Meister den kleinen Max unter der Bedingung überlassen, daß dieser zurückgegeben werden müsse, wenn noch gegründete Ansprüche erhoben werden sollten. Dagegen hatte Borsmann sich verpflichtet, für das leibliche und körperliche Wohl des Knaben zu sorgen, als ob dieser sein eigener Sohn wäre. Das Dunkel, welches über der Herkunft des Verlassenen lag, konnte durch kein Mittel aufgehellt werden. Es schien, als ob man geflissentlich dafür gesorgt habe, daß Max wenig oder keine Auskunft über seine Familienverhältnisse geben könne. Einst fragte ihn Frau Elise:

„Wer ist Dein Vater?"

Max antwortete unbefangen:

„Ich habe ja keinen Vater."

„Wer hat für Dich gesorgt?"

„Die Mutter ganz allein."

„Hast Du nie Jemand gesehen, der sich besonders um Dich kümmerte? Besinne Dich, Max!"

Er schwieg einige Augenblicke, dann rief er mit seiner hellen Stimme:

„Nein! Mutter hat mich in Allem unterrichtet, weiter Niemand."

„Hat die Mutter in unserer Stadt gewohnt?" fragte Elise weiter. „Wo, in welcher Straße?"

Max erzählte von einem schönen Landhause, das an einem breiten Flusse gelegen, von Equipagen und Bedienten, von Reisen, die er mit seiner Mutter gemacht, und von der Strenge, mit der er stets behandelt worden, wenn er beim Klavierspielen gefehlt habe. Von einzelnen Personen, die ihm früher nahe gestanden, wußte er nur die Vornamen anzugeben. Aus allen Erzählungen des Kindes ging hervor, daß Madame Frost den größten Theil ihrer Zeit auf Reisen verbrachte, überhaupt ein unstetes Leben führte und sich stets unter vornehmen Leuten bewegte. Frau Elise begnügte sich gern mit dem, was sie erfahren; die Hauptsache war, daß sie den ihr liebgewordenen Knaben behalten und für ihn sorgen konnte. Anders dachte der Meister, dem die Erziehung seines Schützlings am Herzen lag; er würde gern Alles gethan haben, wenn er die hinreichenden Mittel besessen hätte. Aber überall trat ihm die Armuth entgegen, ohne Geld ließ sich nichts unternehmen. Der fleißige Arbeiter hätte gern die Anfertigung eines neuen Instrumentes begonnen; leider fehlten ihm die Mittel zur Beschaffung des Materials. Die Noth trieb ihn endlich zu dem Entschlusse, das vollendete Piano um jeden Preis zu verkaufen. Um diese Zeit ward eines Morgens an seine Werkstatt geklopft. Ein Herr mit grauem Haar, fein gekleidet, trat ein. Max saß am Instrumente und spielte. Der Fremde vergaß zu grüßen, als er das Spiel des Kindes hörte; erstaunt blieb er auf der Schwelle stehen und lauschte. „Vortrefflich, wunderbar!" rief er endlich. „Bringen denn wirklich diese kleinen Finger die köstlichen Töne hervor?" Er liebkoste den Knaben, der dann wieder spielen mußte. Und Max ward nicht müde, die Stücke vorzutragen, die er in seinem Gedächtnisse aufbewahrte. „Genug", befahl der Meister; „gehe zu der Mutter, mein Kind, ich habe Geschäfte." Max verließ gehorsam die Werkstatt. Der Fremde fragte:

„Ist der Knabe Ihr Sohn?"

„Ja, mein Herr!" antwortete Borsmann, der keine Lüge auszusprechen glaubte, da er Max wie sein eigenes Kind hielt.

Der Fremde fuhr begeistert fort:

„Das ist ein Wunderknabe! Hätte ich nicht mit eigenen Augen gesehen, mit eigenen Ohren gehört, ich würde so etwas nicht für möglich halten. Ihr Söhnchen erinnert mich an den großen Mozart, der im zartesten Alter schon schwierige Kompositionen spielte.

Das Erstaunen des fremden Herrn verrieth, daß er den kleinen Max zum ersten Male sah.

„Was führt Sie zu mir?" fragte bescheiden der Meister, der das Gespräch von dem beregten Thema ablenken wollte.

„Ich ging durch die Straße, las Ihre Firma und hörte die Töne des Klaviers, die mir wohlgefallen; da ich nun annahm, daß Sie als Fabrikant auch verkaufen..."

„Gewiß! Gewiß, mein Herr!"

„Haben Sie nur dieses eine Instrument?"

„Nur dieses eine, das ich kürzlich vollendet. Mein Geschäft ist klein, ich kann nur dann ein zweites Fabrikat beginnen, wenn ich das erste verkauft habe..."

Der Fremde griff auf die Tasten. Dann setzte er sich und phantasirte. Er schien immer mehr Gefallen an dem Instrumente zu finden, je länger er darauf spielte. Und er entwickelte eine ungewöhnliche Fertigkeit, man erkannte sofort die Meisterhand.

„Der Ton ist elegant und sympathisch," meinte er, „wenn auch nicht groß; die Spielart ist, wie ich sie beanspruche... Wie hoch haben Sie den Kaufpreis gestellt?"

Der Meister nannte ihn. Der Fremde, an dessen Fingern kostbare Ringe glänzten, führte noch einige Passagen mit rapider Schnelligkeit aus, dann rief er:

„Ich zahle den Preis!"

Den armen Borsmann durchrieselte ein kalter Schauer; seine kühnsten Erwartungen wurden durch den Käufer übertroffen. Die Summe, welche er erhalten sollte, machte seiner Noth mit einem Schlage ein Ende.

„Wohin soll ich das Piano senden?" fragte er in froher Verwirrung.

„Warten Sie, Meister, da fällt mir etwas ein. Wenn Sie dieses Instrument fortgeben, hat ihr Sohn keins, um zu üben... Durch meine Schuld sollen die Studien des Knaben nicht unterbrochen werden."

„Verzeihung, lieber Herr, ich muß verkaufen, und wenn Sie zurücktreten, findet sich ein Anderer, mit dem ich abschließe."

Der Fremde legte lächelnd die Banknoten auf den Tisch.

„Hier ist die geforderte Summe, lieber Meister; ich bin nun zwar der Besitzer dieses Instruments, aber ich lasse es hier stehen, bis Sie ein zweites vollendet haben."

Max mußte noch einmal kommen und spielen. Der Fremde war so entzückt, daß er den kleinen Virtuosen küßte und ihm schmeichelnd die blonden Locken aus der Stirn strich. Dann entfernte er sich, nachdem er noch einmal ermahnt hatte, den talentvollen Knaben wie eine Perle zu bewahren. Die dringendste Noth war nun verbannt aus dem Hause des Meisters, der mit neuem Muthe zu arbeiten begann und Max einen tüchtigen Lehrer hielt. Frau Elise hatte das auf so seltsame Art ihr beschiedene Kind so liebgewonnen, daß sie in steter Furcht vor Trennung von ihm lebte. Diese Furcht war unbegründet, denn die Bemühungen der Behörden, die Mutter des Knaben zu entdecken, blieben erfolglos, es ließ sich von der räthselhaften Dame keine Spur entdecken.

2. Der Fremde.

Die Industrie-Ausstellung war längst vorüber und Meister Borsmann, der ohne Gehülfen arbeitete, hatte sein zweites Instrument vollendet, welches das erste bei Weitem übertraf. So oft ein Käufer kam, mußte Max, der merkliche Fortschritte in seiner Kunst machte, spielen, und es gelang ihm, die Vorzüge des Klaviers ins hellste Licht zu stellen. Das Wunderkind machte bald von sich reden. Herren und Damen besuchten den Meister unter dem Vorwande, sein Fabrikat zu prüfen; aber sie gingen wieder, wenn sie den kleinen Virtuosen gehört und bewundert hatten, ohne den Handel abzuschließen.

So kam das heilige Christfest heran.

„Frau", sagte der Meister, „unsere Kasse ist wieder leer; ich muß das zweite Instrument um jeden Preis losschlagen."

Frau Elise hätte gern Geld gehabt, um ihrem Lieblinge eine Christfreude zu bereiten; aber sie entgegnete doch:

„Du mußt noch warten, lieber Mann; der Fremde, der sich für unser Kind so lebhaft interessirt, kann jeden Tag sein Eigenthum abholen lassen und dann wäre Max ohne Instrument..."

Der Meister rückte seine Arbeitsmütze tiefer in die Stirn und murmelte:

„Da bin ich wieder auf dem alten Flecke! Wir können doch an den Feiertagen nicht Noth leiden. Außerdem braucht Max Winterkleider... Ich schließe den Handel ab, wenn ich auch einen kleinen Verlust erleide."

Die Frau bekämpfte stets die Ansicht des Mannes, sie hielt es für rathsam, den Fremden, der so großmüthig sich gezeigt, nicht vor den Kopf zu stoßen, wie sie sich ausdrückte.

„Ich laß es mir nicht nehmen", fügte sie hinzu; „der Herr wird noch Manches für unser Kind thun."

Während dieses Gesprächs trat der Postbote ein, der dem Meister einen Brief brachte. Auf dem feinen Velinpapier standen folgende Zeilen:

„Lieber Meister, wachen Sie mit Sorgfalt über Max Frost, er könnte Ihnen tückischer Weise entrissen werden. Nehmen Sie ihm das goldene Kreuz ab und bewahren Sie es bei Ihren besten Sachen, es wird später das Glück Ihres Schutzbefohlenen herbeiführen und Sie vor großen Unannehmlichkeiten schützen. Lassen Sie den Knaben ferner nicht vor Leuten spielen, die Ihre Fabrikate sehen wollen, es liegt hierin große Gefahr. Seien Sie von jetzt an auf der Hut und halten Sie jeden Unbekannten, der sich unter der Maske des Wohlwollens nähert, für Ihren Feind. Ich werde Ihnen, so oft es nöthig, eine Warnung senden. Max muß bei Ihnen bleiben; entäußern Sie sich seiner auf die eine oder die andere Weise, so trifft Sie eine empfindliche Strafe. Sie werden, wenn Sie sich als einen treuen Versorger zeigen, reich belohnt werden. Finden Sie sich am Christabende nach Beendigung des Gottesdienstes am Portale des Doms ein; die letzte Person, die aus dem Gotteshause tritt, wird die sein, die Ihnen ein Christgeschenk für Max einhändigt."

Eine Unterschrift war nicht vorhanden.

Vorsmann las nun den Brief seiner Frau vor, die erstaunt zuhörte.

„Ich habe es immer gedacht", flüsterte sie erschreckt, „wir werden nicht ohne Anfechtungen bleiben."

„Das Beste ist", rief der Meister, „ich mache der Polizei Anzeige."

„Um des Himmels willen nicht! Man würde den Knaben nehmen, den wir uns wol noch erhalten können."

Die Eheleute faßten den Entschluß, zu schweigen und sorgfältig über den Knaben zu wachen, der ihre einzige Freude, ihr höchstes Glück war. Während die Frau nur von der Liebe geleitet wurde, verfolgte der Mann einen Plan, durch den er sein Geschäft emporzubringen gedachte. Max sollte nämlich ein großer Virtuos werden und nur die Instrumente seines Pflegevaters spielen, damit diese in der Welt bekannt würden.

Der heilige Christabend war angebrochen. Meister Vorsmann rüstete sich zum Gange nach dem Dome.

„Nimm Dich in Acht!" mahnte die Frau.

„Fürchte nichts, denn an der Schwelle des Gotteshauses kann ein Verbrechen nicht verübt werden. Hätte man Böses mit mir im Sinne, so würde der Schreiber des Briefs einen andern Ort gewählt haben."

„Vielleicht", warf Elise ein, „will man Dich entfernen, um mir in Deiner Abwesenheit den Max zu nehmen."

„Du wirst die Thür nicht öffnen, wer auch klopfen möge. Ich muß gehen, um die Absicht des Fremden kennen zu lernen."

Vorsmann küßte den Knaben, grüßte sein Weib und ging. Elise schloß sorgfältig die Thür, als der Gatte sich entfernt hatte. In dem warmen Stübchen mußte Max ihr aus einem Märchenbuche vorlesen, und er las mit seiner hellen Stimme so schön, daß Frau Elise aufmerksam lauschte. Draußen tobte der Wintersturm und trieb hart gefrorene Schneeflocken an die Fenster. In den durch Gasflammen erhellten Straßen wogte die Masse fröhlicher Leute auf und ab, die noch Einkäufe besorgten, um durch Geschenke die Christfreude zu erhöhen. Alle Läden waren noch geöffnet und glänzend beleuchtet. Meister Vorsmann kümmerte sich um die reizvollen Gegenstände nicht, die an den Schaufenstern prangten und zum Kaufen anlockten; was würde es auch genützt haben, wenn er Sinn dafür gehabt hätte, er trug ja nur noch einige Thaler Geld in seiner Tasche, und diese mußte er für die nöthigsten Lebensbedürfnisse aufbewahren. Raschen Schrittes erreichte er den Dom, in welchem nach altem Brauche die Christmesse abgehalten wurde. Die erhellten Fenster des ehrwürdigen Gebäudes glänzten weithin durch den Abend und die feierlichen Klänge der Orgel tönten noch fort, ein Beweis, daß der Gottesdienst noch nicht beendet war. Vorsmann stieg die Stufen der breiten Steintreppe hinan und stellte sich hinter eine der Säulen, die ihn vor dem scharfen Ostwinde schützte. Kaum fünf Minuten war er an seinem Platze, als die hohe Flügelthür sich öffnete und die Schar der Andächtigen das Gotteshaus zu verlassen begann. Männer und Frauen beeilten sich, die warmen Zimmer zu erreichen und dort im Kreise der harrenden Familien das schönste Fest der Christenheit zu feiern. Nach und nach verrann der Strom und nur vereinzelte Gestalten erschienen noch. Vorsmann betrat die oberste Stufe der Treppe, sodaß er von Jedem, der vorüberging, gesehen werden konnte. Der Schein einer großen Laterne erhellte das Innere des Portals, dessen Kreuzbogen sich über ihm wölbten. Drei alte Leute schwebten langsam an ihm vorüber; gewiß waren diese die Letzten. Nun ward es still, man hörte keine Schritte mehr auf den Steinplatten und das Licht in dem Innern der Kirche ward schwächer. Heulend umbrauste der Wind das große Gebäude und der Schnee peitschte das Gesicht des Meisters, der sich so viel als möglich gegen die Kälte zu schützen suchte. Minuten verflossen und Niemand trat mehr aus dem Dome.

„Ich werde heimkehren müssen", dachte Vorsmann; „meine Frau kann Recht haben, wenn sie fürchtet, daß man ihn aus dem Hause lockt, um dort einen Gewaltstreich zu verüben. Wer weiß, was geschieht, während ich hier vergebens warte."

Eine peinliche Besorgniß bemächtigte sich seiner. In diesem Augenblicke erloschen die letzten Kerzen, man sah es durch das große runde Fenster über der Thür. Vorsmann, unwillig über seine Leichtgläubigkeit, stieg die Stufen hinab. Noch hatte er den Boden nicht erreicht, als er Schritte hinter sich hörte. Zugleich rief eine Stimme:

„Meister Borsmann!"

Er blieb stehen und wandte sich. Die hohe Gestalt eines Mannes, der einen großen Pelz trug, kam eilig die Treppe herab.

„Ich bin Borsmann!" entgegnete der Meister. „Wer aber", fragte er, „sind Sie?"

„Derselbe, der Ihnen einen Brief durch die Post gesandt und Sie gebeten hat, auf den Letzten, der aus dem Dome tritt, zu warten. Ich bin der Letzte und Sie müssen der Meister sein, der sich des verlassenen Max großmüthig annimmt."

Der Fremde schlug den hohen Kragen seines Pelzes zurück. Das schöne, aber leichenblasse Antlitz eines Mannes von vielleicht dreißig Jahren zeigte sich. Ueber seinem fein geschweiften Munde kräuselte sich ein schwarzes Bärtchen. Die Brauen über den großen, glänzenden Augen waren stark und schwarz, sie lagen wie starke Raupen an der weißen Stirn. Gesichtszüge wie diese konnten kein Mißtrauen einflößen, denn sie waren offen, ehrlich und mild.

„Ja, Herr, der bin ich," antwortete Borsmann, der überrascht den Fremden betrachtete. „Da Sie wissen, daß ich mich des Knaben väterlich angenommen, werden Sie mir diese Wohlthat nicht durch Hinterlist vergelten..."

„Wahrlich nein!" rief erregt der Mann, indem er die Hand des Meisters ergriff. „Die Wohlthaten, die Sie dem Max erzeigen, kommen mir auch zu Gute. Und bei dem Erlöser, der uns in der heiligen Nacht geboren, ich werde dafür nicht undankbar sein. Suchen Sie den Schleier nicht zu lüften, der über der Vergangenheit des blühenden Knaben ruht, unternehmen Sie keinen Versuch dazu, ich beschwöre Sie... Sollten Sie es wagen, so werden Sie nicht nur Ihrem Schützlinge, sondern auch sich und Ihrer Gattin Gefahr bereiten. Ich habe Erkundigungen über Sie eingezogen und erfahren, daß Sie ein braver, rechtschaffener Mann sind... bewähren Sie sich mir gegenüber als solcher und seien Sie dem Knaben ein väterlicher Freund, der ihn mit sicherer Hand durch das Leben führt."

„Das will ich, das will ich!" rief der Meister, gerührt von des Fremden inständigen Bitten.

„Braver Mann!"

„Bin ich auch arm, so werde ich doch meine Pflicht nach Kräften erfüllen."

„Enthalten Sie sich auch aller Forschungen!" mahnte der fremde Herr. „Glauben Sie meinen Worten: Sie bieten Ihre Hand nicht zur Ausübung eines Verbrechens; die seltsamsten Umstände, wie sie sich so leicht zum zweiten Male in einer Familie nicht gestalten, erheischen das Verfahren, das wir mit dem armen Max beobachten. Erziehen Sie ihn zu einem guten bürgerlichen Manne, der Rang und Reichthum nicht für das höchste Ziel des Lebens hält, prägen Sie ihm den Grundsatz ein, daß eigene Kraft die beste Stütze im Leben ist, eine Stütze, die ihm Niemand rauben kann... Mag er mit dem Kopfe oder mit den Händen arbeiten, wenn er nur arbeitet... dann erfüllen Sie Ihre Pflicht und uns verpflichten Sie zu hohem Danke. Aber auch Max wird es Ihnen danken, wenn er ein echt bürgerlicher Mann geworden ist, er wird Sie als den rechten Vater ehren und lieben und das mit Ihnen theilen, was ihm zu erhalten nur vielleicht vergönnt sein wird."

„Lieber Herr," sagte der Meister, „eine Frage möchte ich mir erlauben."

„Fragen Sie!"

„Nicht aus Neugierde, nur aus Theilnahme möchte ich wissen, was aus der Dame geworden ist, die im Gedränge ihren Sohn verloren..."

Der fremde Herr entgegnete rasch:

„Sie ist todt, todt für uns Alle!"

„Mein Gott!" rief der Meister erschreckt.

Der Mann im Pelze zitterte, als ob sich seiner ein Fieber bemächtigt hätte. Die Glocke des Doms verkündete die achte Stunde.

„Ich muß fort!" murmelte der Fremde. „So spät schon... ich muß fort! Nehmen Sie dieses Taschenbuch, es enthält das Christgeschenk für Max."

Borsmann fühlte, daß ihm ein Gegenstand in die Hand gedrückt wurde.

„Sie werden über die Summe verfügen," setzte der Geber hinzu, „und alljährlich am heiligen Christabende, genau um dieselbe Stunde wie heute, werden Sie mich hier finden, bereit, das Christgeschenk zu wiederholen. Nur der Tod kann mich abhalten, dieses Versprechen zu erfüllen."

„Was geschieht, wenn Sie ausbleiben?" fragte Borsmann.

„In diesem Falle wird ein Anderer kommen. Ich muß fort... Leben Sie wohl!"

Der Fremde schwankte die Stufen hinab und verschwand in dem Schneegestöber, das wie eine Wolke den weiten Pelz einhüllte. Ein Geräusch deutete an, daß die Thür des Doms geschlossen wurde. Wie ein Träumender trat der Meister den Rückweg an, nicht achtend des scharfen Windes, der ihm das Fortkommen erschwerte. Die Brieftasche des Fremden hielt er fest in den Händen, er fürchtete sie zu verlieren. „Was ist das? Was ist das?" fragte er sich mehr als ein Mal. „An den Knaben knüpft sich so viel des Seltsamen, daß ich anfange, für ihn zu fürchten. Der Mann, den ich so eben gesprochen, scheint es gut zu meinen mit Max; aber warum hüllt er sich in das geheimnißvolle Dunkel? Warum sorgt er nicht selbst für den Knaben, statt ihn unter meiner Obhut zu belassen? Ich bin ein armer Gewerbsmann und Jener scheint reich zu sein... Immerhin, ich will mir den Kopf nicht zerbrechen, da ich gut dabei fahre; außerdem handle ich nicht eigenmächtig, ich erziehe den Knaben mit Bewilligung der Behörde."

Meister Borsmann erreichte bald seine Wohnung. An der Thür blieb er stehen und sah zu den erleuchteten Fenstern der Häuser empor. Die armen Leute, die hier wohnten, feierten so gut sie konnten den heiligen Christabend. Hier und dort ließ sich der Jubel der Kinder hören, die von den Eltern beschenkt worden. Durch die Fensterscheiben sah man die strahlenden Kerzen der Weihnachtsbäume, die helles Licht auf den schneebedeckten Boden warfen. Die ganze Straße, welche nur von armen Leuten bewohnt war, hatte heute ein anderes Ansehen erhalten; man gewahrte auch hier, daß ein schönes Fest gefeiert wurde, das Christfest, das nicht nur die Reichen, sondern auch die Armen erfreut.

In der Wohnung des Meisters war es still, ganz still. Da die Läden der Werkstatt verschlossen waren, drang kein Lichtstrahl aus den Fenstern.

„Der arme Max," dachte Borsmann, „er hat keine Eltern mehr, die ihm heute eine Freude bereiten! Fremde Leute müssen sich seiner annehmen und für ihn sorgen in seiner zarten Jugend. Ich werde mich bemühen, ihm die Eltern zu ersetzen, wenn dies überhaupt möglich ist."

In diesem Augenblick erklang das Instrument, das in der Werkstatt stand. Max entlockte ihm so weiche, goldige Töne, daß der Meister selbst darüber erstaunte. Der kleine Virtuos spielte Anfangs leise, nach und nach verwendete er seine ganze Kraft, daß die Töne so voll und klar erklangen, als ob sie auf einem Konzertflügel hervorgebracht würden.

„Lieber Gott," dachte Borsmann, „die Leute tadeln meine Instrumente, und doch klingen sie wie Fabrikate aus der besten Fabrik ... die Hand eines Knaben kann sie bemeistern! Wüßte ich nicht, daß ich der Erbauer jenes Klaviers sei, ich würde beim Hören dieser glockenhellen Töne daran zweifeln!'

Und nun lauschte er mit einer Freude, die zu beschreiben nicht möglich ist.

„Das ist mein Christgeschenk!" murmelte er vor sich hin. „Ach, und es kommt von Max! Der Knabe giebt mir das Vertrauen in meine Kunst zurück, das ich schon verloren hatte. Meine Instrumente sind gut, mögen die Leute, die den Preis herabdrücken wollen, noch so viel tadeln ... Ich will nicht verzagen, will auf dem betretenen Wege ruhig fortschreiten."

Er trat auf die Hausflur. Mit dem Schlüssel, den er bei sich trug, öffnete er die kleine Thür der Werkstatt. Max war so in sein Spiel vertieft, daß er den Eintritt seines Pflegevaters nicht bemerkte. Frau Elise saß auf einem Schemel und hörte der Musik mit einer wahren Andacht zu. Plötzlich sprang sie auf und küßte den Knaben, der sein Stück beendet hatte.

„Willst Du mich immer Mutter nennen?" rief sie aus.

Die kleinen Arme des Kindes legten sich um ihren Nacken.

„Ich will schon, wenn Du es mir erlaubst," antwortete Max.

„Sollte nun Jemand kommen, der Dich von uns nehmen will..."

„Nein, nein," rief Max ängstlich, „ich bleibe hier!"

Der Meister trat heran und sagte gerührt: „Es wird Dich Niemand uns entreißen, Du bleibst unser Sohn und magst mich von nun an Vater nennen!"

Das war auch ein Christfest, obgleich der Glanz der Kerzen und der Geschenke fehlte. Max, der verlassene Knabe, hatte Eltern und die braven Gewerbsleute hatten einen Sohn gefunden.

„Wie steht es?" fragte die Frau leise.

„Gut, recht gut."

„Was hast Du ausgerichtet, lieber Mann?"

Auf einen Wink des Mannes führte die Frau den Knaben in das Wohnstüb=

chen, das mild erwärmt und erleuchtet war. Als sie zurückkam, hatte der Meister die Brieftasche geöffnet. Er zählte die Banknoten, die sich darin befanden.

„Tausend Thaler!" rief er aus.

Frau Elise wollte ihren Ohren nicht trauen: sie glaubte erst an das wirkliche Vorhandensein des für sie übergroßen Schatzes, als sie selbst die zehn bunten Papierstücke gezählt hatte, deren jedes einen Werth von hundert Thalern besaß. Dann erzählte der Meister Alles, er barg ja vor seiner Lebensgefährtin kein Geheimniß. Auch beschrieb er die Freude, die das Spiel des Knaben ihm bereitet.

Aber auch Frau Elise hatte ihm mitzutheilen, daß die Klingel an der Thür gezogen worden sei, und als sie gefragt, wer Einlaß begehre, habe sich der Käufer des ersten Instruments gemeldet.

„Also doch!" sagte Vorsmann. „Was hast Du ihm geantwortet?"

„Daß ich nicht öffnen könne, da Du ausgegangen wärst und den Schlüssel bei Dir trügest. Da rief die Stimme des Fremden: „Ich werde morgen wiederkommen!"

Es lag kein Grund vor, den einen oder den andern Fremden für feindlich gesinnt zu halten. Denn Beide hatten Gutes gethan und dadurch die Wohlfahrt der Familie fördern helfen.

„Plagen wir uns nicht mit Sorgen ab," sagte der Meister; „wir besitzen Geld und wollen ein frohes Christfest feiern. Magst es nur glauben, Frau: Max ist unser Retter aus der Noth. Dafür soll er auch gehalten sein wie unser eigenes Kind, daß er die Eltern nicht vermisse, die sich seiner lieblos entäußert haben."

Nach einer Stunde brannte ein Christbaum auf dem Tische, den Frau Elise fix und fertig aus dem nächsten Laden geholt hatte. Daneben lagen Geschenke mancherlei Art, Dinge, die für das Alter des Knaben paßten. Und Max zeigte sich in demselben Grade dankbar, als er Freude über die Geschenke empfand; er reichte dem Vater die Hand und küßte der Mutter die Wange. Das war ein stilles, aber ein rührendes Fest. Glücklich wie der Knabe war Meister Vorsmann; er besaß nicht nur neuen Muth, sondern auch die Mittel zur Fortsetzung seines Geschäfts, das durch die Ungunst der Verhältnisse bisher niedergehalten worden war.

Am folgenden Morgen, die Glocken riefen noch zur Kirche, ward die Hausglocke gezogen. Als Vorsmann öffnete, stand der fremde Herr an der Schwelle, der vor Monaten zum ersten Male sich gezeigt hatte. Heute war er nicht allein, eine alte Dame begleitete ihn. Nachdem er in die Werkstatt getreten, fragte er, ob das zweite Instrument vollendet sei.

„Ja!" antwortete der Meister, der den Käufer mit argwöhnischen Blicken betrachtete. „Dort steht Ihr Eigenthum, mein Herr, verfügen Sie nach Gefallen darüber."

Während der Herr spielte, faßte Vorsmann die Dame ins Auge: sie war nicht dieselbe, die den Knaben in dem Industrie-Palaste verlassen hatte. Gleich stattlich wie jene, war sie doch älter und stärker, auch zeigte ihr Haar schon viel weiße Streifen und in ihrem weißen Gesichte machten sich Furchen bemerkbar, die mehr der Kummer als das Alter erzeugt hatte. Nicht nur in ihrer feinen Trauertoilette — sie war völlig in schwarze Seide gekleidet und trug einen kostbaren Zobelpelz... sondern auch in ihrem ganzen Wesen zeigte sich die vornehme Dame. Verwundert blickte sie durch die Werkstatt, deren bestäubte und verräucherte Wände ihr nicht zu behagen schienen. Meister Vorsmann, obwol er die Mutter des Knaben nur flüchtig gesehen, glaubte doch eine Aehnlichkeit zwischen dieser und der Verschwundenen zu erkennen. Es kam ihm der Gedanke, diese Alte müsse die Großmutter seines Max sein, zumal da sie trauerte und der Fremde am Dome gesagt hatte, des Knaben Mutter sei todt. Der ehrliche Arbeiter würde Mitleid empfunden haben, wenn in den Zügen der Dame nicht Härte und Stolz gelegen hätten, wenn die Blicke ihrer schwarzen Augen weniger stechend gewesen wären.

„Wo ist Max?" fragte der Herr, indem er von dem Instrumente zurücktrat.

„Bei seiner Pflegemutter."

„Gestatten Sie ihm, daß er uns ein Stück vorspiele."

In diesem Wunsche lag nichts Verfängliches, Vorsmann glaubte ihn um so mehr erfüllen zu müssen, als er selbst dabei erfahren konnte, ob Max die Frau kenne. Er ging in das Wohnstübchen. Bald kam er zurück, den Knaben an der Hand führend. Frau Elise folgte ihm.

„Ein vortrefflicher Virtuos!" meinte lächelnd der Herr, auf den blonden Knaben deutend. „Du wirst sogleich hören, daß ich Dir nicht zu viel von ihm gesagt habe."

Max gab durch keine Bewegung zu erkennen, daß er die Dame schon gesehen hatte; ruhig setzte er sich an das Instrument und spielte. Als er den letzten Akkord angeschlagen, sprang er auf und verbarg sich hinter Frau Vorsmann, die sich neigte und ihm die rothen Wangen küßte.

„Führe mich fort, liebe Mutter!" bat er ängstlich.

„Warum denn?"

„Ich fürchte mich!"

Dann lief er der Wohnstube zu und Frau Vorsmann mußte ihm folgen. Als die Thür sich hinter ihr geschlossen, athmete sie auf, denn auch sie hatte sich einer Aengstlichkeit vor der streng aussehenden Dame nicht erwehren können.

„Fürchte Dich nicht, mein Kind", sagte sie tröstend; „Du bleibst immer bei uns, es hat Niemand das Recht, Dich uns zu entreißen. Vater Vorsmann und ich, wir schützen Dich, denn wir haben Dich lieb!"

Die schnelle Entfernung des Knaben bestärkte den Meister in dem Mißtrauen, das er in die aufrichtige Gesinnung der fremden Leute setzte; er wollte sich ihrer so rasch als möglich entledigen.

„Wohin", fragte er, „soll ich Ihr Eigenthum schaffen lassen?"

Der Herr sah die Dame an.

Diese entgegnete kurz:

„Wir schenken dem lieben Kinde das Instrument, da wir es entbehren können."

„Einverstanden!" sagte der Herr. „Nun habe ich eine Bitte an den Meister. Wir haben diesen Abend Gesellschaft in unserm Hotel... würden Sie uns den kleinen Virtuosen für einige Stunden überlassen, daß er uns durch seine Kunst erfreue?"

„Den Knaben allein?" fuhr der Meister auf.

„Wir senden einen Wagen, in dem auch Sie Platz finden. Das Honorar für die Leistungen Ihres Wundersöhnchens mögen Sie selbst bestimmen. Dafür, daß meine Gäste es an Geschenken nicht fehlen lassen, verbürge ich mich. Sie werden eine Einnahme haben, die Sie in den Stand setzt, Ihr Geschäft wirksam zu betreiben."

Meister Borsmann ließ sich nicht verlocken, er lehnte entschieden ab unter mancherlei Vorwänden, die ihm gerade einfielen, und bat den Herrn, endlich das Instrument abholen zu lassen.

„Gehen wir!" sagte stolz die Dame.

Beide entfernten sich. Draußen stand ein Wagen, in dem sie davonfuhren. Dieser Besuch hatte dem Meister gezeigt, daß er mit scharfen Blicken über den Knaben zu wachen habe, und daß der Fremde, mit dem er am Dome eine Unterredung gehabt, aufrichtiger sei als die Beiden, die durch Verlockungen den Knaben aus dem Hause zu entfernen suchten. „Warum", fragte er sich, „gehen die Leute nicht offen zu Werke? Warum wenden sie sich nicht an die Behörde? Die Schleichwege, auf denen sie gehen, kommen mir sehr verdächtig vor. Fast möchte ich wünschen, ich hätte weder von dem Einen noch von dem Andern genommen. Ach, wäre meine Lage eine bessere, ich würde mich dem Einflusse aller dieser Personen entziehen. Könnte ich nur Näheres über sie erfahren. Aber da habe ich dem bleichen Herrn versprochen, mich ruhig zu verhalten und Nichts zu unternehmen; auch sagte er, daß mir Gefahr erwüchse, wenn ich Forschungen anstellte. Immerhin, ich werde als Ehrenmann mein Wort halten."

War es doch, als ob die kleine Summe, die der bleiche Herr gezahlt, dem armen Meister besonderes Glück und Segen brächte. Er nahm sich Anfangs einen Gehülfen, später einen zweiten. Die Fabrikate Borsmann's fanden Anerkennung und Freunde, die sie kauften. Die Werkstatt wurde zu klein, man mußte eine größere Wohnung suchen, die in einem freundlichen Hause außerhalb des Thors gefunden ward. Neben dem Hause lag ein Gärtchen mit einer Laube, die in heißen Sommertagen ein reizendes Plätzchen bot. Und hier verweilte die gute Frau oft mit dem Pflegesohne, der an Geist und Körper sich wunderbar entwickelte. Im Klavierspiele unterrichtete ihn ein Lehrer, der in das Haus kam. Eine nahe Privatlehranstalt bot Gelegenheit, dem intelligenten Schüler die Kenntnisse angedeihen zu lassen, deren er später für das Leben bedurfte. Meister Borsmann hatte einen Verwandten zu sich genommen, der im Hause Dienste verrichtete, wie sie gerade vorkamen, und Vetter Martin, so ward der fünfzigjährige Mann genannt, begleitete den Knaben zur Schule und holte ihn pünktlich von dort ab. So verfloß der Sommer und der Herbst. Endlich kam der Christabend wieder. Jetzt sah es anders aus bei den Leuten, die vor einem Jahre noch arm waren; man hatte Vorbereitungen zu dem Feste getroffen, das feierlich begangen werden sollte. Ein eigenes Zimmer war dazu hergerichtet, ein großer Tannenbaum brannte und auf den Tischen lagen verlockende Geschenke. Max jubelte laut auf, als er die ausgebreiteten Herrlichkeiten erblickte; zum ersten Male empfand er die wahre Christfreude, welche die Liebe guter Menschen ihm bereitete. Und dafür lohnte er durch den Vortrag eines schönen Musikstücks, das er heimlich einstudirt hatte. Der Meister konnte sich des schönen Abends nicht so recht erfreuen, ihm bangte vor der Zusammenkunft mit dem bleichen Herrn. Gegen acht Uhr sagte er zu Martin: „Hütet mir das Haus wohl, Vetter; ich habe einen Geschäftsgang abzumachen, von dem ich nach einer Stunde zurückkehren werde." Die Antwort war: „Gehen Sie mit Gott, lieber Vetter, es soll kein Mensch unsere Schwelle überschreiten."

Heute war es zwar empfindlich kalt, aber es fiel kein Schnee und nur von Zeit zu Zeit machte sich ein Windstoß bemerkbar, der den Staub des trockenen Bodens aufwirbelte. Die Sterne blitzten hell hernieder, mildes Licht verbreitend. In den Straßen herrschte wiederum reges Leben und durch die mit einer dünnen Eiskruste überzogenen Fenster der Häuser strahlten die Kerzen der Weihnachtsbäume. Der Gottesdienst war schon beendet, als Vorsmann den Dom erreichte. Eilig stieg er die Stufen der Treppe hinan. Da stand der Fremde, eingehüllt in den Pelz, dessen emporstehender Kragen sein Gesicht bedeckte.

„Meister Vorsmann!" rief er mit bebender Stimme.

„Da bin ich, lieber Herr."

„Sie kommen spät."

„Verzeihung, es war nicht meine Absicht ... Der weite Weg, das Gedränge in den Straßen ..."

Der Fremde seufzte:

„Ach ja, es ist heiliger Christabend und alle Menschen freuen sich des schönen Festes; nur ich muß trauern, muß mit feuchten Augen das Glück Anderer sehen ... Wie befindet sich unser Max?"

Der Meister berichtete und schilderte das Zimmer, in welchem Max den Christabend verbrachte.

„Betet er auch?" fragte gerührt der Fremde.

„Wir sind einfache Leute, lieber Herr, und halten auf Religion und Gottesfurcht!"

„Ich glaube Ihnen, daß Sie ein braver Mann sind; Sie werden den Schwur halten, den ich jetzt von Ihnen fordere."

„Was soll ich schwören?"

„Daß Sie nie Ihre Hand zurückziehen von meinem Sohne."

„Ich gelobe es bei Gott, der uns sieht und hört!" rief Vorsmann. „Habe ich doch den Knaben so fest in mein Herz geschlossen, daß ich elend sein würde, wenn ich mich von ihm trennen müßte."

Der Fremde schwankte, er mußte sich auf die Steinstufe setzen.

„Das Fieber ist heute ungewöhnlich stark!" murmelte er. „Setzen Sie sich zu mir, daß ich Abschied von Ihnen nehme. Im nächsten Jahre werden Sie mich nicht wiedersehen, ich fühle es, der Tod reißt mich hinweg ... Mein Sohn soll bürgerlich erzogen werden ... er mag Ihre Profession erlernen ... Das will ich, das befehle ich!" rief hastig der kranke Herr. „In dieser Mappe befindet sich ein kleines Ver=

mögen... benutzen Sie es zur Ausdehnung Ihres Geschäfts... Neben dem Gelde liegt ein versiegeltes Papier... öffnen Sie es, sobald Sie mich an dem Weihnachts=Abende hier nicht getroffen haben... Dann werde ich todt sein! Nun schärfe ich Ihnen noch ein, das goldene Kreuz zu bewahren... man wird es Ihnen vielleicht rauben wollen... halten Sie es fest... ohne das Kreuz wird unser Sohn unglücklich... Nehmen Sie doch die Mappe... hier, hier!"

Seine Hände zitterten so heftig, daß Borsmann die Mappe rasch ergreifen mußte, um sie vor dem Hinabfallen zu bewahren.

„Fort, fort!" rief der arme Mann.

„Wohin?"

„Mein Wagen muß angekommen sein."

Der Meister führte den Kranken die Stufen hinab. In diesem Augenblicke fuhr ein eleganter Wagen vor. Ein Bedienter öffnete den Schlag und hob den Kranken hinein. Der Kutscher trieb die Pferde an, der Wagen rollte davon.

„Mir kommt Alles wie ein Traum vor!" dachte der nachblickende Meister. „Hui, wie die Pferde laufen müssen... man will nicht, daß ich folge. Gut, ich trete den Heimweg an, um in meiner Familie froh zu sein. Dieser Herr ist nun vornehm und reich; ach, ich beneide ihn nicht darum!"

Er ging quer über den Platz und wählte die Straße, die zu dem Thore führte. Wäre der Meister nicht so tief in Gedanken versunken gewesen, so hätte er einen Mann sehen müssen, der ihm wie sein Schatten folgte. In der Straße theilte er das Gedränge mit starken Armen, um stets in der Nähe dessen zu bleiben, der für ihn ein besonderes Interesse zu haben schien. Borsmann bemerkte es nicht, da so viele Leute desselben Weges gingen. Nach einer Viertelstunde öffnete er die Thür seines Hauses und trat ein. Der Mann, der einen kurzen Mantel und einen sein Gesicht bedeckenden runden Hut mit breiter Krämpe trug, ging ruhig vorüber. Als er hörte, daß die Thür geschlossen wurde, blieb er stehen.

„Also hier wohnt der Meister!" murmelte er. „Da hätte ich lange suchen können und würde die Spur doch nicht gefunden haben. Nun weiß ich, wo das Kreuz und die Mappe aufbewahrt wird. Das Gespräch, das ich am Portale des Doms belauschte, hat für mich besondere Wichtigkeit... Wir werden bald abrechnen, Herr Graf, denn der nächste Weihnachtsabend findet Sie nicht wieder auf den Stufen des Doms. Mit diesem Meister will ich schon fertig werden... Den Knaben mag er behalten, wenn nur das Kreuz in meine Hände gelangt." Er betrachtete nun das Haus und den Garten näher, um Merkmale zu finden, die er dem Gedächtnisse einprägen konnte. Dann ging er nach der Stadt zurück, nahm die erste Droschke, die ihm begegnete, und ließ sich nach dem größten Hotel fahren, das die Stadt aufzuweisen hatte. Meister Borsmann saß in seiner Arbeitsstube und starrte in die geöffnete Mappe, die vor ihm auf dem Tische lag.

„Zwanzigtausend Thaler!" murmelte er vor sich hin. „Diese soll ich verwenden... Das versiegelte Papier wird mir heilig bleiben, ich werde es nur dann öffnen, wenn die daran geknüpften Bedingungen erfüllt sind. Der kranke Herr ist des Knaben Vater, er sorgt ja väterlich für ihn: die beiden Anderen aber sind Feinde, ich werde mich vor ihnen zu hüten wissen.

Nun verbarg er die Mappe bei dem goldenen Kreuze, das er in einer Kassette von schwerem Eisen aufbewahrte.

---

3. Im Laufe der Zeit.

Wiederum war ein Jahr verflossen. Meister Vorsmann stand am Christ= abende auf den Stufen der Treppe des Doms und wartete, aber er wartete ver= gebens. Die Andächtigen hatten längst das Gotteshaus verlassen, dessen Thüren schon geschlossen... Der fremde Herr, der sonst so pünktlich zu erscheinen pflegte, blieb aus. Heute war das Wetter naßkalt, ein dichter, fast greifbarer Nebel lag über der Stadt, so daß die Gasflammen beinahe wie schwache Glühwürmchen erschienen. Bis neun Uhr harrte der Meister aus, dann schickte er sich zur Heimkehr nach seiner Wohnung an.

„Der arme Mann wird gestorben sein!" dachte er. „Gott gebe seiner Seele Frieden!"

Indem er den Platz überschreiten wollte, trat ihm ein Mann entgegen.

„Meister Vorsmann!" rief eine Stimme.

„Der bin ich."

„Dann preise ich mich glücklich, daß ich zur rechten Zeit komme."

Der Unbekannte hatte ihm vertraulich die Hand gereicht.

„Warum suchen Sie mich hier auf."

„Weil mein Freund, der Sie sonst um diese Zeit am Dome zu sprechen pflegte, mir einen andern Ort nicht angeben konnte."

„Und was läßt mir Ihr Freund sagen?"

„Er könne das Bett nicht verlassen, Sie möchten zu ihm kommen."

Der Meister schöpfte schon wieder Verdacht.

„Jetzt?" fragte er.

„Dort steht der Wagen, in dem Sie fahren sollen."

In kurzer Entfernung tauchten zwei hellleuchtende Laternen auf, die sich durch den Nebel dem Dome langsam näherten. Der Wagen kam heran und hielt, wo er im Jahre zuvor den Fremden aufgenommen hatte. Zwischen den beiden Laternen saß der Kutscher mit dem großen Barte, genau so, wie der Meister ihn schon gesehen hatte. Auch der Wagen war derselbe.

„Sie müssen mich kennen", redete der Mann ihn an; „vor einem Jahre öffnete ich meinem Freunde den Schlag dieses Wagens... Sie führten den armen kranken Mann... ich empfing ihn aus Ihren Händen."

„Wohl wahr", entgegnete Vorsmann; „das Ansuchen des fremden Herrn ist aber ganz gegen die Abrede."

„Auch das ist mir bekannt; mein Freund lebt aber noch und wünscht sehnlichst, Sie zu sprechen. Ich muß Ihnen sagen, daß Sie den letzten Wunsch eines Sterbenden erfüllen, wenn Sie mir folgen. Zögern Sie nicht, dem Leidenden sind die Minuten gezählt... Ich verbürge mit meinem grauen Haupte, daß Ihnen keine Unannehmlichkeit begegnet und daß Sie nach einer Stunde in Ihrer Wohnung sein werden."

Der Mann hatte seinen Hut abgenommen; das Licht der Laternen beschien ein ehrwürdiges, weißes Haupt und ein treuherziges, von tausend Furchen durchzogenes Gesicht.

„Halten Sie mich für fähig", fragte er bebend, „einen tückischen Streich an dem zu begehen, der meinem leidenden Freunde den wichtigsten Dienst auf der Erde geleistet hat? Wüßten Sie Alles, Sie würden anders urtheilen... Ihr Mißtrauen finde ich vollkommen gerechtfertigt; aber lassen Sie es schwinden, Sie haben nur mit guten, wenn auch unglücklichen Menschen zu thun. Bei Allem, was mir heilig ist, schwöre ich, daß Ihnen nicht ein Haar gekrümmt werden soll. Der Sterbende kann nicht aus dem Leben scheiden, ohne zuvor Sie noch einmal gesprochen zu haben... Im Namen Gottes flehe ich Sie an, folgen Sie mir. Sie begehen eine Sünde, wenn Sie sich weigern. Noch mehr: Sie gefährden das Leben des Knaben, der Ihrer Obhut anvertraut ist. Handeln Sie für sich und Max..."

Borsmann hatte einige Augenblicke überlegt. Nach Allem, was vorlag, glaubte er annehmen zu dürfen, daß er es mit Leuten zu thun habe, die dem verlassenen Knaben freundlich gesinnt seien. Außerdem wünschte er Aufklärung über die seltsamen Verhältnisse, und diese zu erlangen stand jetzt in naher Aussicht. Was auch konnte ihm geschehen, da er stets als rechtlicher Mann gehandelt und sich um die Familie des Knaben verdient gemacht hatte?

„Mein Herr", sagte er, „ich will Ihnen folgen; führen Sie jedoch irgend einen Streich gegen mich aus, so fürchten Sie das Aeußerste... ich bin bewaffnet und nehme es mit Jedem auf, der mich angreift."

Der Greis reichte ihm die Hand.

„Schießen Sie mich nieder, wenn ich ein unwahres Wort gesprochen habe!" rief er bewegt.

Beide stiegen in den Wagen, der rasch davon fuhr. Borsmann hatte in seinem Leben nicht so weich gesessen als in den Seidenkissen der Equipage, die federleicht über das Pflaster rollte. Kein Stoß war fühlbar, kein Regentropfen drang durch das Verdeck. Wie glücklich hätte der Mann sein können, der sich solcher Bequemlichkeiten erfreute; da lag er krank darnieder, dem Tode nahe. Ach, wie Manchen beneiden wir seines Reichthums wegen, und doch ist er oft mehr zu beklagen als der ärmste Mann, der im Schweiße des Angesichts sein Brod verdienen muß. Zu dieser Ansicht sollte auch Meister Borsmann gelangen, der in seiner Jugend mit Elend und Noth zu kämpfen gehabt hatte.

Der Wagen fuhr aus dem Stadtthore. Der Meister und sein Begleiter sprachen kein Wort, Jeder hing seinen Gedanken nach. Es mochte kaum eine Viertelstunde verflossen sein, als die Pferde still standen. Der Schlag wurde geöffnet und die Männer stiegen aus. Borsmann erblickte ein Landhaus, dessen untere Fenster erleuchtet waren. Die blätterlosen Zweige hoher Bäume neigten sich wie schützende Arme über das Dach. Nicht weit von dem Hause erhob sich ein Steinbassin, das wahrscheinlich zur Aufnahme des Wassers einer Fontäne diente.

„Ich bitte, folgen Sie mir!" sagte traurig der Greis. „Der Wagen mag warten, bis Sie zurückkehren."

In diesen Worten lag der Ermuthigung so viel, daß Borsmann durchaus keine Befürchtung mehr hegte. Sie gingen über eine geräumige Hausflur und betraten ein angrenzendes Zimmer, in welchem tiefe Stille herrschte. Ach, wie anders war es in der Stadt, wo das Weihnachtsfest alle Herzen zur Freude stimmte! Hier brannte kein Tannenbaum, hier jauchzten nicht frohe Kinder. Der Luxus, der sich erkennen ließ, hatte etwas Drückendes; es schien ein unheimlicher Geist in diesen glänzenden Räumen zu walten.

„Kommen Sie!" flüsterte der Alte, der zurückgekehrt war.

Man trat in einen prachtvollen Saal. Die große Astral=Lampe, die auf dem Tische brannte, war mit einem grünen Schirme bedeckt. Gardinen von schwerer Seide verhüllten die Fenster. Der Fuß berührte einen weichen Teppich, der über dem ganzen Fußboden ausgebreitet lag. Neben dem Ofen in einem großen Lehnstuhl saß der Kranke, der den Meister zu sich beschieden hatte. Der Greis meldete in wehmüthigem Tone:

„Gnädiger Herr, Meister Borsmann steht vor Ihnen!"

Der Kranke richtete mühsam das Haupt empor. Ach, wie bleich sah sein Gesicht aus, wie fieberhaft glänzten seine durch die Krankheit vergrößerten Augen. Dennoch belebte ein Lächeln seine bleichen Züge, als er bat: „Sprechen Sie, lieber Freund, daß ich Ihre Stimme höre!"

„Ich bin Meister Borsmann, der über Ihren Sohn wacht; Sie dürfen es glauben. Als ich vergebens am Dome Sie erwartete, ward mir recht bange..."

„Sie sehen, daß ich nicht kommen konnte."

„Ich bin da, bestimmen sie über mich!"

„Wie befindet sich mein Mar?" fragte der Kranke.

„Er ist gesund an Leib und Seele."

Borsmann rühmte nun, wie der Knabe die Freude seiner Lehrer sei, und sprach auch vom Emporblühen seines Geschäfts, zu dem Mar große Vorliebe zeige.

„Gut"; stöhnte der Kranke, mein Sohn soll Fabrikant werden. Das beruhigt mich... Gott sei Dank, er ist doch kein Wunderkind... Nun kann ich sorglos sterben... Ich habe den Eid gehalten, den ich Lenoren geleistet... Die Christnacht ist angebrochen, Lennore starb in der Christnacht... auch ich werde heimgehen. Oeffnen Sie nach meinem Tode das versiegelte Papier... Besitzen sie das Kreuz noch?" — „Ja, gnädiger Herr!"

„Es wird Mar als meinen Sohn legitimiren; die habsüchtigen Verwandten werden leer ausgehen. Ach Gott, es wird düster vor meinen Blicken.

Christian trat hinzu und legte das Haupt des Sterbenden in seinen Arm. Der Kranke röchelte einige Minuten, dann verschied er.

„Der brave Mann hat ausgelitten!" sagte der Greis. „Sie werden nicht Alles begreifen, Meister Vorsmann, was in der Familie des Grafen Braunau vorgegangen; nur soviel will ich Ihnen mittheilen: es hatte sich des Grafen eine so tiefe Schwermuth bemächtigt, nachdem sein geliebtes Weib gestorben war, daß sein sonst so heller Geist getrübt ward. Die Idee setzte sich bei ihm fest, auch Max müsse ihm zeitig durch den Tod geraubt werden, da der aufgeweckte Knabe ein Wunderkind sei. Max war in der Christnacht geboren und in derselben Nacht starb die Mutter. Die Schwester der Mutter, ein gewissenloses Weib, übernahm die Erziehung; sie benutzte das Talent des Knaben zum Klavierspiel und suchte den unglücklichen Vater zu überzeugen, daß sein Sohn wirklich ein Wunderkind sei. Der kranke Geist entwarf tausend Pläne zur Erziehung des Kindes, das man Max Frost nannte. Der Vater wollte das unschuldige Kind nicht mehr sehen, er betrachtete es schon als gestorben. Franziska wohnte hier mit ihm; sie mißhandelte ihn, um den Erben des gräflichen Vermögens aus der Welt zu schaffen. Den Tumult in dem Industriepalaste benutzte sie, den Knaben der äußersten Gefahr auszusetzen. Sie zeigte dem Vater an, Max sei in dem Gedränge erdrückt. Wir erfuhren aus der öffentlichen Bekanntmachung den Aufenthalt des Knaben. Der Graf faßte eine neue Idee: Max sollte bei dem schlichten Fabrikanten bleiben und so einfach erzogen werden, daß seine schlummernden Talente nicht geweckt würden. Ich ging darauf ein, um meinen Herrn zu beruhigen, der dieses Landhaus bezog, weil er den Knaben beobachten wollte. Das Uebrige wissen Sie. Handeln Sie nun, wie Sie es dem Verstorbenen gelobt haben."

Der Greis trocknete eine Thräne und drückte dem Meister die Hand, der sich entfernte, den Wagen bestieg und nach der Stadt zurückfuhr. Zu Hause öffnete er das versiegelte Papier und erfuhr nun, daß er der Vormund des Max werden und das hinterlassene Vermögen des Grafen verwalten solle. Unter Vorzeigung des Kreuzes sollte er sich beim Staatsanwalt melden, der bereits seine Weisungen erhalten hatte. — Der Meister zögerte nicht, sich dem Anwalte vorzustellen. Das Ordnen der Erbschaftsangelegenheit bot zwar Schwierigkeiten, da die Identität des Knaben festgestellt und der Einspruch eines Seitenverwandten abgewiesen werden mußte. Dem klugen Advokaten gelang es aber, die Sache des Rechts durchzuführen und den Knaben in den Besitz des väterlichen Vermögens zu bringen.

Max Frost blieb bei seinem Pflegevater; er erlernte die Pianoforte-Baukunst, machte wichtige Erfindungen auf diesem Gebiete und erfreut sich eines Weltrufs, nachdem er auf der Welt-Ausstellung in Paris die große Medaille erworben hat. An Stelle des Landhauses prangen die stattlichen Gebäude eines umfangreichen Etablissements, das Hunderte von Arbeitern beschäftigt.

Die Ohrenqualle. (Eine Meduſe.)

Leuchtende Thiere.
Von Dr. Carl Ernſt Kloß.

An einem warmen Juniabend hatten die Hausbewohner ſich auf der Freitreppe verſammelt, die in den Park führt, und genoſſen ſitzend die behag= liche Wärme, welche von der Sonne auf den Stufen zurückgelaſſen war. Vor ihnen auf dem Sandplatze ſpielten die Kinder. Es war ſchon zu düſter, um aus den dunklen Maſſen der Sträucher einzelne Zweige unterſcheiden zu können, doch grüßten mit lieblichem Dufte die Roſen nach der Treppe herauf und ebenſo die mit weißen Blüten überſchütteten Jasminſträucher. War's doch, als hätten dieſe letzteren, die wie Geſpenſter aus den Schatten ihrer Umgebung hervortraten, den Tag über recht viel Licht aufgenommen, ſo daß ſie auch noch im Dunkeln davon abgeben konnten.

„Ei, ſieh da, ein Johanniswürmchen!" rief Ernſt und ſtürmte dem fliegenden Funken nach. — „Da iſt wieder eins!" hieß es, und auch Paul wurde mobil. Bald zogen immer mehrere ihre leuchtenden Bahnen, ſchwärmten vor der Treppe umher, verſchwanden im Graſe, um bald wieder

4*

aufzutauchen, oder verloren sich in die Sträucher, wo sie ins Astwerk hineinleuchteten, als ginge Jemand darin mit der Laterne.

Die Kinder hatten ihre Freude an der neckischen Jagd und von der Treppe aus war das anzuschauen wie ein Feuerwerk, nur milder und lieblicher, ohne Rauch und Schwefelgeruch, ohne Knattern und Prasseln. Befriedigt kamen sie auf die Stufen der Treppe, sie hatten einige der leuchtenden Thierchen eingefangen, und besonders Cordchen hielt triumphirend die geschlossene hohle Hand in die Höhe. Wir durften durch die Fingerspalten blicken, in dem kleinen Käfig glänzte es mit grünlichem Scheine.

„Die haben ihr Lichtchen immer an sich stecken, wie der Bergmann sein Grubenlicht", meinte Paul. — „Meine Würmchen leuchten gar nicht mehr", rief Cordchen, „können sie denn ihr Licht ausblasen?" — „Sie leuchten nicht, wenn sie nicht wollen", gab ich ihr zur Antwort, und nun sollte ich „erzählen!" — „Das will ich gern", entgegnete ich, „doch ist's die erste Bedingung, daß ihr nicht „Würmchen" sagt, sondern Käferchen. Nennt ihr etwa unsern alten Hund einen Vogel? Nein, die Belline ist ebenso wenig ein Vogel, wie des Thorwärters Zippe ein Hund ist, nicht wahr, das begreift ihr? So sind denn auch die Johanniskäfer keine Würmer.

Im gewöhnlichen Leben freilich, und das sage ich nicht blos für euch Kinder, es geht vielmehr Alle an, die hier vor mir auf der Treppe sitzen, im gewöhnlichen Leben, das so überreich ist am Unkraut der Verfälschungen und Verwechslungen, da wird leider auch manches Thier und manche Pflanze, ich meine ganz unnöthigerweise, verwirrt und verwechselt, und da wird denn auch manches Thier als Wurm bezeichnet, welches mit den Würmern höchstens die langgestreckte Körpergestalt gemein hat. So ist z. B. der Seidenwurm kein Wurm, sondern eine Schmetterlingsraupe. Ihr kennt ja den weißen Nachtschmetterling, der aus dem Kokon auskroch, das wir aus der Zuchtanstalt von Fräulein Grözel mitgenommen hatten.

Wenn ihr die eingefangenen Johanniskäfer über Nacht in einer Schachtel verwahrt, können wir sie uns morgen bei Tageslicht betrachten und ihr werdet sehen, daß es pechbraune schmale Käfer sind mit rostrothen Beinen; daß sie sehr weich sind, müßt ihr bereits beim Fangen bemerkt haben, man muß wirklich schonend mit den Fingerspitzen zufassen, wenn man die sitzenden aufnehmen will; sie gehören auch zu den sogenannten Weichkäfern.

Wie die Mehrzahl der Käfer überhaupt haben sie zwei Flügel, die beim Nichtgebrauche unter den braunen Flügeldecken verborgen liegen. Durch diese Flügeldecken, die man als das vordere, umgebildete Flügelpaar anzusehen hat, unterscheiden die Käfer sich hauptsächlich von den übrigen Insekten und sie werden auch darnach in der Wissenschaft schon seit Aristoteles, der, wie ihr wißt, der Lehrer Alexander's des Großen war, Coleopteren, d. h. Scheidenflügler, genannt. Bei unserm Johanniskäfer sind die Flügeldecken nicht besonders hart, er gehört eben zu den Weichkäfern. Manche Käfer, die gar nicht zum Fliegen, sondern ausschließlich zum Laufen bestimmt sind (Laufkäfer), von denen ihr z. B. die goldgrüne Erdhenne oft antrefft, haben unter ihren Flügeldecken gar keine Flügel. Außerdem giebt's aber auch anderweit einzelne flügellose Käfer, und so findet denn bei unserem Johanniskäfer der Fall statt, daß es nur die Männchen sind, welche Flügel und Flügeldecken besitzen, während beides den Weibchen abgeht. Bei der einen Art unserer Johanniskäfer wenigstens, der Lampyris noctiluca, ist es so, während die Weibchen der anderen bei uns einheimischen Art, L. splendidula, zwei kleine Schuppen statt der Flügeldecken besitzen.

Die Männchen dieser letzteren Art sind durch zwei glasartige Flecke am Halsschild gekennzeichnet. Morgen bei Tage mögt ihr selbst zuschauen, welche der beiden Arten ihr soeben eingefangen habt. — Wenn ihr bei eurer Jagd vorhin im Grase sitzende Johanniskäfer aufnahmt, so mag Niemand sich wundern, wenn auch solch ein flügelloses Weibchen sich mit darunter befindet.

Die Färbung dieser Thiere ist so unscheinbar, die Weibchen leben so verborgen im Grase, daß die Männchen sie nicht auffinden würden, wenn sie nicht leuchteten.

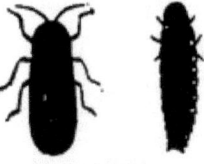

Johanniskäfer.

Hört indeß, wie es sich mit dem Leuchten verhält, dieser ebenso merkwürdigen als lieblichen Erscheinung, der Erscheinung, welcher es unsere unbedeutenden Käfer zu danken haben, daß sie bei Jung und Alt beliebt sind, wenn sie auch von der garstigen Kröte in Pfeffel's Fabel angefeindet wurden.

Ihr bemerkt an den in Eurer Hohlhand eingesperrten Käfern, daß nur eine gewisse Körperstelle es ist, von welcher das Licht ausgeht, daß also nicht das ganze Thier leuchtet; diese im grünen Feuer glimmende Stelle ist die Unterseite der beiden vorletzten Hinterleibsringe. Sieht man sich einen Johanniskäfer bei Tage an, so zeichnet sich diese Stelle durch hellwachsgelbe Färbung aus. Da die Weibchen, wie ihr nun wißt, nicht fliegen, sondern nur im Grase kriechen, würde man sie nicht leuchten sehen, wenn sie es nicht in der Art hätten, ihr Hintertheil dann und wann in die Höhe zu recken, so daß die leuchtende Unterseite nach oben gerichtet ist. Auch die Larven leuchten, aus welchen sich die Käfer entwickeln — sowie die Schmetterlinge aus Raupen. Diese Larven sehen den Weibchen ähnlich, sie sind länglich und flachgedrückt, kriechen am Boden umher und nähren sich mit großer Gefräßigkeit von Schnecken, deren Häuser sie ausfressen. — Wundert ihr euch vielleicht über die wilde Vergangenheit der zarten Leuchtkäfer, dieser fliegenden Sterne, wie sie der alte Plinius nennt? Der Fall steht nicht vereinzelt; der Schmetterling, der in seinem Flatterleben Nichts genießt, als ein wenig Honigsaft, den er mit seinem Rüssel aus dem Grunde der Blumen holt, die er im Fluge besucht, er war erst eine gefräßige Raupe, deren unverwüstlicher Appetit den Zuschauer in Staunen setzte.

Das Ausstrahlen des Lichtes ist, wie ich schon sagte, von der Willkür des Thieres mit abhängig. Warme Witterung, so wie am heutigen Abend, ist dem Leuchten günstig, ebenso die rasche Bewegung beim Fluge. Am Tage, wo sie übrigens nicht umherfliegen, leuchten sie auch, doch ist der Lichtschein viel zu schwach, um sichtbar zu sein, denn so hübsch auch sich das Leuchten der Johanniskäfer überhaupt ausnimmt, ihr Licht ist doch nur sehr gering; man hat achtzig Käfer in eine weiße, durchsichtige Glaskugel gesperrt und es versucht, diese als Lampe anzuwenden, man vermochte indeß noch nicht dabei zu lesen.

Was ist nun aber dieses Leuchten, und findet sich denn im Innern des Körpers ein bestimmter Theil, von welchem es hervorgerufen wird, ein sogenanntes Leuchtorgan? Schneidet man einen Johanniskäfer auf, so bemerkt man an der erwähnten leuchtenden Stelle die Leuchtorgane als ein Paar zartwandige Kapseln oder Säckchen, in welchen, wie eine Betrachtung mit Vergrößerungsgläsern ergiebt, Zellen eingeschlossen sind, die theils durch-

Der Cucujo-Leuchtkäfer.

sichtig erscheinen, theils einen feinkörnigen Inhalt haben, und zu denen feine Zweige der Athemröhren (Tracheen) treten, wie sie den Insekten eigen sind. In diese Athemröhren strömt bei den Insekten Luft durch besondere Athemlöcher, die ihr gewiß schon bei großen Schmetterlingsraupen an deren Körperseiten gesehen habt. Man hält nun die erwähnten durchsichtigen Zellen für das eigentlich Leuchtende und sieht das Leuchten als eine Art Verbrennung an; zu einer solchen aber gehört allezeit Luft, und zwar der Sauerstoff in der Luft, und dieser wird durch die Athemluft in den Tracheenzweigen zur Stelle gebracht. Auch Nervenäste treten hinzu, durch sie wirkt der Wille des Käfers auf das Leuchten.

Unsere Johanniskäfer sind nicht die einzigen leuchtenden Käfer, die es überhaupt giebt, in den meisten Theilen Italiens fliegt zur Sommerszeit in großer Menge ein der Lampyris verwandter Käfer, Luciola italica, und während wir daheim in Wald und Garten von dem grünlichen Lichte unseres Johanniskäfers erfreut werden, zieht dort die Luciola an den dunklen Olivenbäumen und den Lorbeergebüschen ihre bläulich glänzenden Bahnen. Eine andere, weit größere Art (L. mehadiensis) findet man in Ungarn und Siebenbürgen.

Sehen wir uns indeß noch weiter um! Ich sagte schon vorhin, Wärme begünstige das Leuchten; und so finden wir denn auch die Leuchtkäfer ganz besonders in warmen Ländern vertreten. Dort, wo die Natur, was Größen- und Gestaltverhältnisse und was Farbenpracht anlangt, so ganz Anderes leistet, als in unserm kühlen, nüchternen Norden, giebt es denn auch leuchtende Käfer, die an Glanz und Größe unsere bescheidenen Johanniskäfer weit übertreffen. Ich nenne da besonders den Cucujo (Pyrophorus noctilucus), einen stattlichen Käfer Südamerika's, zumal Meriko's und Brasiliens. Diese Cucujo's oder Feuerfliegen, deren es an hundert Arten giebt, gehören zur Familie der Springkäfer oder Schmiede, dergleichen ihr ja auch kennt. Es sind dies jene schmalen Käfer, die auf den Rücken gelegt erst wie todt daliegen, sich aber plötzlich in die Höhe schnellen, so daß sie wieder auf ihre sechs Beine zu stehen kommen. Unsere einheimischen Springkäfer sind freilich nur von bescheidener Größe und leuchten nicht. Jederseits am Rande vor den Hinterwinkeln des Brustschildes befindet sich bei dem Cucujo eine wachsgelbe blasenartige Auftreibung, die im Leben hell leuchtet. Im Fluge erscheinen noch zwei unter den Flügeln verborgene leuchtende Stellen, und auch die Zwischenräume zwischen den Bauchgliedern leuchten. Das funkelnde, schön blaue Licht eines solchen Käfers ist so stark, daß man feine Schrift dabei lesen kann; mehrere von ihnen, in ein Glas gesperrt, genügen, ein Zimmer zu erhellen. Und so werden sie in der That als Lampen angewendet, indem man sie, wie Humboldt erzählt, in ausgehöhlte und durchlöcherte Kürbisse steckt. Zu nächtlicher Wanderung oder Jagd befestigt man sich Cucujo's an den Kleidern, etwa wie der Bergmann die Grubenlaterne. Da aber die Leute, in solcher Weise mit Cucujo's ausstaffirt, gewiß einen ebenso wunderlichen wie brillanten Anblick gewähren mögen, fangen die Indianer diese Feuerfliegen geradezu ein, zu dem Zwecke, sie als Schmuckgegenstand, sozusagen als lebendige Edelsteine, zu verkaufen. Sie haben an einem Stabe eine glühende Kohle befestigt und fahren damit in der Luft umher: hiermit täuschen sie die Käfer, welche Ihresgleichen zu finden meinen, und locken sie an zum bequemen Fange. Die Art der Befestigung an den Kleidern oder im Haar geschieht entweder dadurch, daß sie in feine Gazesäckchen gesteckt werden, oder daß man sie, natürlich ohne sie zu tödten, durch Nadeln befestigt. Die Wirkung, die das Auftreten einer so geschmückten Dame im Dunkeln macht, mag allerdings keine geringe sein, doch muß sie sich hierbei auch auf den guten Willen ihrer lebenden Diamanten verlassen, denn auch der Cucujo kann willkürlich seine Lichtstärke zu- und abnehmen lassen. Diese Käfer haben mit ihrem starken Lichte schon Veranlassung zu ungewöhnlichem Schrecken gegeben; in ein Seeschiff gerathen, und dort im dunkeln Schiffsraume aufleuchtend, setzten sie die Mannschaft in Bewegung, indem man glaubte, es sei im Schiffe Feuer ausgebrochen, ja, als die Engländer Cavendish und Dudley zum ersten Male in Westindien landeten, wurden sie durch zahlreiche Lichter, die sich im Walde zeigten, und hin und wieder bewegten, nicht wenig erschreckt, sie fürchteten geradezu einen Ueberfall der Spanier und flüchteten bestürzt auf ihre Schiffe. Am andern Tage stellte es sich freilich heraus, daß von Spaniern keine Spur zu finden war und daß es nur eine Gesellschaft Feuerfliegen gewesen.

Noch habe ich ein anderes südamerikanisches Insekt zu erwähnen, das wegen seines Leuchtens außerordentlich von sich hat reden machen. Es ist der Laternenträger (Fulgora laternaria) Guyana's, den ihr bei oberflächlichem Betrachten wahrscheinlich für einen großen gelben Schmetterling halten würdet mit Augenflecken auf den Hinterflügeln und, was freilich bei Schmetterlingen ganz unerhört wäre, mit einem abenteuerlich großen Stirnaufsatz. Der Laternenträger oder die Leuchtzirpe gehört in die Insektenordnung der Wanzen, die gar nicht etwa so verächtlich dasteht, wie ihr wegen der abscheulichen Bettwanze meinen mögt. Das von vielen Naturforschern angezweifelte Leuchten des Laternenträgers wurde von einer Dame, der Malerin und Naturforscherin Maria Sibylla Merian, entdeckt, die, geboren in Frankfurt am Main, verheirathet in Nürnberg an den Kupferstecher Graff, von diesem geschieden sich nach Amsterdam wandte und (1699) in einem Alter von bereits 52 Jahren mit ihren beiden Töchtern nach Surinam reiste, von wo sie nach zwei Jahren zurückkehrte, um in Amsterdam zu sterben. Diese Frau erwarb sich ein großes Verdienst um die Insektenkunde durch Sammeln und Malen von besonders surinamischen Insekten; ihre holländisch, deutsch und lateinisch erschienenen Werke, deren seitenlange Titel ich aus dem Kopfe euch nicht hersagen kann, so erbaulich sie klingen, beziehen sich theils auf „der Raupen wunderbare Verwandlung", theils auf die Metamorphose (d. h. eben Verwandlung) der Insekten von Surinam, und haben noch heute wegen der Schönheit der Bilder ihren Werth, zumal die von ihr selbst kolorirten. Ihre geschickten Töchter, deren eine den berühmten Euler in Petersburg heirathete, besorgten nach dem Tode der Mutter (1717) die neue Herausgabe ihrer Werke. Doch, hört nun vom Laternenträger! Die Dame Merian hatte eine Anzahl dieser Thiere lebend in einer Schachtel auf dem Tische stehen, ohne mit ihrer Eigenschaft zu leuchten bekannt zu sein. Da wird sie in der Nacht durch den fürchterlichen Spektakel, den die Thiere machen, erweckt; sie steht auf und — öffnet die Schachtel; — läßt sie aber erschreckt fallen, denn die ganze Schachtel steht in Flammen und wie glühende Feuerbrände kommen die Insekten heraus und verbreiten sich in der Stube. Das Licht eines Laternenträgers ist so glänzend, daß man dabei lesen kann, und die Merian sagt selbst, sie würde sehr wol im Stande gewesen sein, bei diesem Lichte die Thiere zu zeichnen." — Es kann mir nicht drauf ankommen, euch jetzt von allen Thieren zu erzählen, an denen man ein Leuchten beobachtet hat, da müßtet ihr die ganze Nacht auf der Treppe sitzen bleiben und mir zuhören. Ich will nur beiläufig noch erwähnen, daß einer unserer Tausendfüße (Arthronomalus electricus) ebenfalls im Dunklen leuchtet und man es selbst der Maulwurfsgrille oder Werre nachgesagt hat. Dagegen habe ich euch ausführlicher von einer merkwürdigen Erscheinung auf dem Meere zu erzählen, ich meine das Leuchten des Meeres. —

Die Kinder rückten näher an mich heran und rüsteten sich zu doppelter Aufmerksamkeit, denn bei dem Worte Meer dachten sie unwillkürlich an Robinson. — —

Wenn das Schiff auf dem Ozean dahinsegelt, rings um sich, bis zum fernsten Horizonte nur Wasser, und darüber der Himmel mit seinen Wolken und Sternen, — da könnt ihr meinen, es segle durch eine traurige Oede, und der Seekranke habe nichts verloren, wenn er die Fahrt in der Kajüte verbringen müsse. Ihr seid im Irrthum! Reich, ja reicher als das Land ist das Meer an Pracht und Wundern. Der Sturm freilich, der die Wellen haushoch treibt, die Segel zerreißt und die Masten zerbricht, läßt sich bei all seiner Großartigkeit vom Schiffe aus doch nicht mit demjenigen Grade von Seelenruhe anschauen, der nöthig ist, um einen Genuß an diesem Schauspiele zu haben. Ein Anderes ist es mit der Erscheinung des Meerleuchtens, die bei einbrechender Nacht den Seefahrer erfreut und zur Bewunderung hinreißt. Der berühmte Reisende Forster erklärt das Meerleuchten geradezu für ein Wunder, welches den Verstand mit

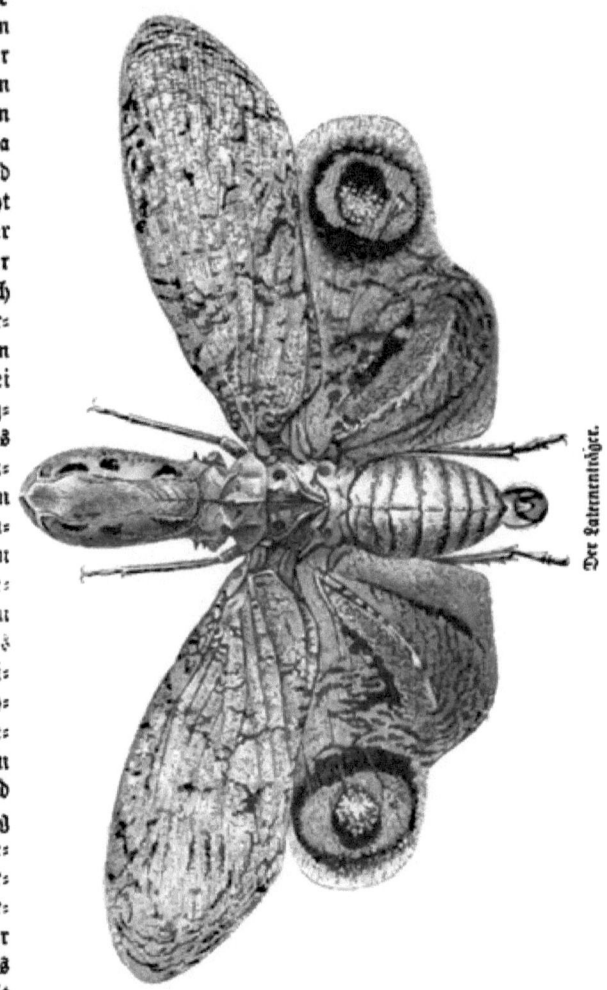

Der Laternenträger.

größerem Erstaunen und Ehrfurcht erfülle, als er im Stande sei, es klar und richtig zu beschreiben. Der erste Beobachter soll Americus Vespucci gewesen sein, der Mann, nach welchem der Erdtheil Amerika seinen Namen erhielt, während doch Christoph Columbus es recht wohl verdient hätte, daß man denselben nach ihm taufte. Viele Naturforscher und Reisende haben ausführliche Beschreibungen vom Meerleuchten gegeben und Untersuchungen darüber angestellt, doch sagen sie, daß, ehe man diese Erscheinung mit eigenen Augen sah, man sich keine genügende Vorstellung davon machen könne.

Die Sonne hat sich am Horizonte ins Meer gesenkt, und Dunkelheit bedeckt mit unbestimmtem Grau die weite Fläche. Während aber nach oben das Sternenheer immer deutlicher zum Vorschein kommt, da regt sich's auf dem Wasser wie Wetterleuchten, das Licht nimmt immer mehr an Helligkeit zu, es ist ein schönerer Anblick als bei unsern Feuerwerken, ein Anblick, der das Leuchten unserer Johannisläfer weit übertrifft.

Schon von der Küste aus kann man beobachten, es liegt auf der dunklen See wie ein ferner Feuerschein und die Ufergesteine werden von Funken umtanzt, jede Welle, die herantreibt, ist hellgesäumt. Weit schöner ist der Anblick vom Schiffe aus, auf der hohen See. Es leuchten die Wellen, die an das Schiff anschlagen; von den Rädern des Dampfers tropft ein Feuerregen, ebenso erregen Ruderschläge des Botes ein Sprühen und Glänzen, und das Schiff hinterläßt eine feurige Straße. Schöpft man von dem leuchtenden Wasser, so tropft es feurig vom Eimer, ja von fliegenden Fischen, die sich aus dem Wasser erheben, um mit ihren großen, flügelartigen Flossen sich eine Weile flatternd in der Luft zu erhalten, fällt ein prächtiger Feuerregen herab.

In den Meeren warmer Erdstriche ist das Leuchten stärker und prächtiger als z. B. in der Nordsee; man erzählt, daß Haifische, die in einer Tiefe von 15 Fuß schwammen, noch erkennbar waren, daß man am Kajütenfenster selbst kleine Schrift lesen konnte und eine Fliege auf dem Segel sitzen sah. Hierbei unterscheidet man theils ein allgemeines Leuchten, hervorgebracht durch zahllose Lichtpunkte, die im Wasser vertheilt sind, theils einzelne große leuchtende Körper von verschiedener Farbe und Helligkeit; diese letzteren werden bald mit feurigen Kanonenkugeln verglichen, bald mit Laternen, bald endlich mit glühenden Eisenstäben. Die Lichtpunkte theilen sich anderen Körpern mit, indem sie an diesen festhaften, z. B. Seepflanzenmassen. Aus dem Meere ans Land geworfen und geschüttelt brannten diese gleichsam, so erglänzten alle die Punkte. Ebenso leuchtet die ins Wasser getauchte Hand über und über. So kommen ferner auch Strandflöhe, kleine Krebschen 2c. zu der Ehre, durch das ihnen anhaftende Seewasser leuchtend zu erscheinen.

Ihr könnt Euch vorstellen, daß man, seit das Meerleuchten beobachtet wurde, auch versucht hat, sich eine Erklärung davon zu geben. Die ersten Berichte mochten wol nicht geglaubt werden; da indeß alle Seereisenden einstimmig davon erzählen konnten und sehr zuverlässige Beobachter zur See gingen, war doch die Thatsache festgestellt, und es handelte sich nur darum, das „Wie?" zu erforschen. Ein Kunstfeuerwerk läßt sich auf einem Teiche wol abbrennen, das brennt aber doch immer auf einer schwimmenden Unterlage, das Wasser selbst brennt nicht; wie sollten sich auch so arge Feinde wie Wasser und Feuer, die beiden einander entgegengesetzten Elemente, friedlich vertragen können?! — Ich will euch einige der Ansichten mittheilen, die man zu verschiedenen Zeiten darüber hatte. Bekanntlich enthält das Meerwasser Salze, ein Erhitzen der Salztheilchen sollte die Erscheinung des Leuchtens hervorbringen.

Pholaden.

Dann sollte es der Phosphor sein, der aus den todten und verwesenden Seethieren sich dem Waßer beimischte. Wieder Andre behaupteten, der Ozean sauge den Tag über einen solchen Vorrath von Sonnenlicht ein, daß er des Nachts ihn wieder von sich geben könne. Ja, Benjamin Franklin, der berühmte Erfinder des Blitzableiters, hatte sich in seiner Elektrizität dermaßen verrannt, daß er denn auch das Meeresleuchten mit Hülfe dieser Himmelskraft erklären zu können meinte, indem die Salztheilchen, so lehrte er, in Meerwasser infolge der Reibung Funken sprühten.

Mit allen diesen Erklärungen ist es nichts. Die ganze Erscheinung des Meerleuchtens mit aller ihrer Pracht und Ausdehnung wird einzig hervorgerufen durch leuchtende Seethiere, und dies ist der Grund, warum ich euch überhaupt jetzt hiervon erzähle.

Leuchtende Seethiere kannte man schon im Alterthume, man entdeckte später noch mehrere dergleichen, ohne indeß zunächst darauf zu kommen, daß diese Thiere mit dem Meerleuchten in Beziehung zu bringen seien. In manchen Fällen ist das allerdings ganz richtig. Es giebt z. B. Muscheln, welche die Fähigkeit besitzen, sich nicht blos in Schlamm, Sand und Torf, sondern auch in Holz und sogar festes Gestein einzubohren und darin verborgen zu leben. Man nennt diese Thiere Bohrmuscheln oder Pholaden, eine Art davon, die gemeine Bohrmuschel (Pholas dactylus), wird an den europäischen Küsten überall angetroffen. Der Schleim dieser Thiere hat die merkwürdige Eigenschaft, daß er ein bläulichweißes Licht ausstrahlt, und zwar um so stärker, je frischer das Thier ist. Nehmen wir eine Pholade aus ihrer Höhle heraus, so tropft es uns wie Feuer von den Fingern, und spülen wir uns dann die Hand ab, so sieht das Waschwasser im Dunkeln aus wie Milch bei Tageslicht. Auch die Meerdattel (Lithodomus dactylus), eine andere ebenfalls in Felsen bohrende Seemuschel, die ihren Namen von der dattelkernähnlichen Gestalt führt, besitzt dieselbe Eigenschaft. Daß eben diese Muscheln in ihrer Verborgenheit zum Meerleuchten nichts beitragen werden, brauche ich nicht erst auseinanderzusetzen. Hört aber weiter.

Vor etwa hundert Jahren entdeckte der Holländer Baster im Meerwasser leuchtende Infusionsthierchen. Er filtrirte leuchtendes Seewasser durch einen Löschpapiertrichter, das Wasser tropfte dunkel durch, die leuchtenden Pünktchen aber blieben auf dem Löschpapier zurück und ließen sich nun leicht mit Hülfe eines Pinsels auf ein Glastäfelchen übertragen und auf diesem mit Hülfe des Vergrößerungsglases betrachten. Die Mikroskope waren freilich damals noch nicht so verbreitet wie heutzutage, wo kein Naturforscher und Arzt, schon während seiner Lernzeit, ein solches Werkzeug entbehren kann. Deßhalb stand denn auch Baster damals etwas vereinzelt mit seiner Ansicht und fand keineswegs überall Glauben. Franklin indeß hat sich belehren lassen und seinen damaligen Irrthum eingestanden. Es ist keine Schande für einen Forscher, es ehrlich einzugestehen, daß er sich getäuscht hat.

Jetzt ist es nun über jeden Zweifel erhaben, daß einzig Seethiere dieses Leuchten hervorbringen. Da Wärme- und Witterungsverhältnisse auf die Lebensthätigkeiten von Einfluß sind, erklärt es sich, daß je nach diesen die Lebensthätigkeiten erhöhenden oder abschwächenden Einflüssen der Grad des Leuchtens auch ein höherer oder geringerer sein muß: ganz ebenso wie bei unseren Leuchtkäfern, je wärmer der Abend, je lebhafter ihre Bewegungen, desto schöner auch ihr Licht.

Von den mikroskopischen kleinen Thierchen, die, so klein sie sind, durch ihre großen Massen doch besonders ins Gewicht fallen, muß ich euch zunächst einiges Nähere sagen. Zu ihnen gehören die Noctiluken (d. h. auf deutsch

Nachtlichter), sie veranlassen besonders die allgemeine, gleichförmige Erleuchtung großer Strecken. Und dies können sie, da sie, wie z. B. Quatrefages gefunden hat, das Wasser bis zur Hälfte erfüllen, so daß man von diesen etwa $^1/_{10}$ Linie im Durchmesser haltenden Thierchen, deren Hunderte in einem Wassertropfen stecken können, kaum im Stande ist nachzurechnen, welche Scharen auch nur geringe Mengen Wassers erfüllen. Sie bedecken in mehrere Zoll, ja Fuße dicker Schicht weite Flächen des Meeres. Schöpft man Wasser mit Noctiluken, so zeigt es ein schön blaues Licht, geschüttelt wird es weiß wie Milch. Der schon genannte Quatrefages sammelte 4—5 Theelöffel von Noctiluken, etwa 50,000 Thierchen, durch Filtriren, und vermochte bei ihrem Lichte die Ziffern seiner Taschenuhr auf Entfernung eines Fußes deutlich zu erkennen.

Der Bau einer Noctiluke ist so einfach, daß er euch wahrscheinlich ein Kopfschütteln der Verwunderung abnöthigen wird, sie hat weder Kopf noch Beine und besteht eben nur aus einer von einer Haut umgebenen gallertigen Masse von der Gestalt etwa einer Pfirsiche, mit einem fadenförmigen Anhängsel, das dem Thiere als Bewegungsorgan dient. Die Nahrung wird durch einen Mund aufgenommen, der in eine Art Magenhöhlung führt, und das Unverdaute wird durch eine Afteröffnung entfernt. Das ist ziemlich Alles.

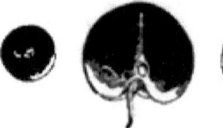

Noctiluca.

Aber auch größere leuchtende Thiere sind im Meere in enormen Mengen verbreitet. Denkt euch, es käme auf 1 Quadratfuß Meeresfläche, d. h. also ein Stück von 1 Fuß Länge und 1 Fuß Breite allemal Ein Thier, es giebt dies auf eine Quadratmeile 400 Millionen Thiere. Dies wäre aber nur ein Ueberzug der Oberfläche. Ihr müßt indeß bedenken, daß sich die leuchtenden Thiere ja auch bis zu einer gewissen Tiefe im Wasser befinden, wollten wir da weiter rechnen, wir kämen bald auf Zahlen, die sich kaum ausdenken lassen! Die Zahl der Arten verschiedener Thiere, welche leuchten, ist beträchtlich, und schon Ehrenberg hat seiner Zeit 107 aufgezählt.

Wenn Fische leuchten, — ich erwähnte vorhin bereits die fliegenden — ist es wahrscheinlich, daß es nur infolge ihnen anhaftender kleiner Leuchtthierchen geschieht, oder daß ihre energischen Bewegungen, wie das Schlagen der Schwanzflosse, die Leuchtthierchen der Umgebung in Bewegung versetzen.

Dagegen giebt es kleine krebsartige Thierchen, die Sapphirinen, die mit wunderbar schönem Glanze leuchten und ihren Namen mit Recht führen; auch leuchtende Würmer giebt's, die sich zwischen Steinen und Seepflanzen aufhalten. Ferner muß ich die Schlangensterne erwähnen. Es giebt nämlich Thiere, deren Glieder ganz regelmäßig um einen Mittelpunkt gelagert sind, wie die Strahlen einer Sternfigur; man nennt sie Strahlthiere und findet sie fast ausschließlich im Meere. Zu ihnen gehören unter anderen die Seesterne. Ich weiß nicht, ob ihr euch noch erinnert, als der Vater von seiner Reise nach Kiel heimkehrte, wie er da in seinem Reisekoffer auch ein paar Seesterne mitbrachte, trocken, körnelig und stachelig auf der Oberfläche, von Farbe gelblichroth, man glaubte einen Ordensstern vor sich zu sehen, wie ihn die Zuckerbäcker liefern.

Die Kinder erinnerten sich, und Paul hatte sich gemerkt, wie der Vater erzählt hatte, diese Sterne kröchen auf dem Meeresboden herum. —

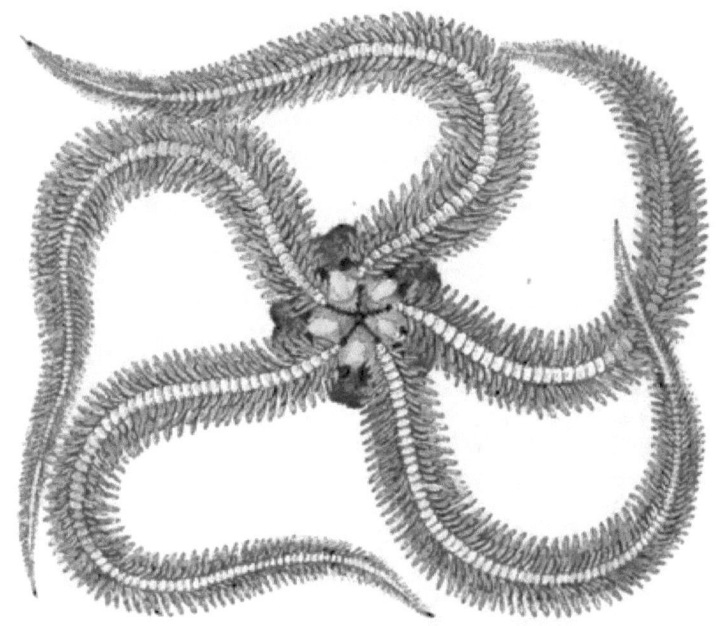

Der Schlangenstern (Ophiocoma).

Seht, zu ihnen gehören auch die Schlangensterne, die sich dadurch von den andern unterscheiden, daß ihre schlängelnd beweglichen Strahlen von der Körperscheibe deutlich abgesetzt sind, während bei den eigentlichen Seesternen beide unmittelbar in einander übergehen. Diese beweglichen Strahlen der Schlangensterne glänzen in grünlichgelbem Lichte.

So schön indeß die Vorgenannten leuchten mögen, einen wirklichen Masseneffekt können sie, theils bei ihrer versteckten Lebensweise, theils bei ihrem mehr vereinzelten Auftreten, für die Gesammterscheinung des Meerleuchtens nicht hervorbringen; dieser wurde, so weit wir uns bis jetzt mit den Vorgängen bekannt machten, nur durch die kleinen Noctiluken erzielt. Indeß giebt's doch auch größere Seethiere, die durch massenhaftes Vorkommen die großartigste Wirkung hervorbringen. Da sind zunächst die Mantelthiere oder Tunikaten. Dies sind kopflose Weichthiere des Meeres mit einer doppelten, rings geschlossenen Hülle, die man den Mantel nennt, und die eine besondere Merkwürdigkeit dadurch erlangte, daß man in ihr eine, sonst nur im Pflanzenreich vorkommende Substanz, Cellulose, auffand. Eine Oeffnung führt in eine weite Höhle, die Athemhöhlung; ich sage ganz absichtlich Oeffnung und nicht Mund, denn wir sind so zu sagen erst ins Vorzimmer getreten, in dessen Grunde wir erst die Thür, den eigentlichen Mund des Mantelthieres, finden. Dieser Mund führt in den Darm, der durch eine besondere Oeffnung wiederum nach außen mündet. Manche Tunikaten sind auf dem Boden festgewachsen, andere dagegen schwimmen frei im Meere umher. Diese letzteren interessiren uns jetzt besonders, und zwar die Salpen und die Pyrosomen.

Erstere zeigen durch den glasartig durchsichtigen Mantel Muskelreise, wie die Bänder eines Fasses, und den dunklen durchschimmernden Eingeweideknäuel. Es giebt deren in der Nordsee, im Mittelmeer, besonders viele Arten jedoch im Indischen Ozean. Indem sie durch die genannte Oeffnung Wasser aufnehmen und stoßweise durch die andere wieder abgeben, bewegen sie sich im Meere von der Stelle. Diese Salpen nun leuchten mit grünlich gelbem Lichte, und zwar geht es von dem Eingeweideknäuel aus. Noch mehr Effekt macht das Leuchten der sogenannten Kettensalpen. Diese Thiere haben nämlich eine höchst eigenthümliche Art, sich zu vermehren, die allerdings auch anderwärts in der niederen Thierwelt vorkommt, indessen doch an sich merkwürdig genug ist. Während nämlich für gewöhnlich die Nachkommenschaft dem Mutterthiere gleicht, dem sie ihre Entstehung

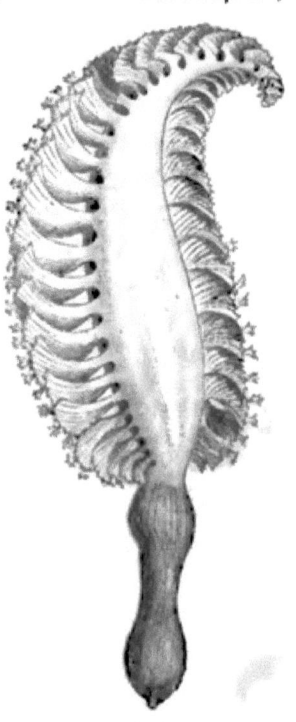

Die Seefeder.

verdankt, erzeugt die Salpe anders gestaltete, kettenartig aneinander hangende Junge, die sich als Gesellschaft fortbewegen und deren jedes seinerseits erst einzelne freischwimmende Salpen hervorbringt. Man nennt diesen Vorgang Generationswechsel, er wurde von dem Dichter Adalbert v. Chamisso auf seiner Weltreise im Jahre 1815 entdeckt. Da Salpen das Meer an gewissen Stellen zu vielen Millionen erfüllen und ihre langen Ketten dicht gedrängt dahinziehen, tragen sie, wie ihr euch denken könnt, wesentlich zum Meerleuchten bei; ein anderes, hier anzuführendes Man=

telthier sind, wie schon weiter oben angedeutet, die Pyrosomen oder Feuerwalzen.

Pyrosoma heißt eigentlich Feuerleib; das Thier hat seinen Namen mit Fug und Recht, denn seine Leuchtkraft ist so stark, daß man am Kajütenfenster dabei lesen kann. Péron erzählt, daß es ihm und der Schiffsmannschaft so vorgekommen, als stehe ein Theil des Ozeans in Flammen, und als sie mit den Schiffen sich dieser Stelle genähert, da habe es sich gezeigt, daß die entsetzliche Glut nur hervorgebracht war durch eine zahllose Menge großer Thiere, die, von den Wellen emporgehoben und mit fortgeschleppt, in verschiedenen Tiefen schwammen und allerhand Gestalten anzunehmen schienen. In der That stellten sich die tieferliegenden, minder deutlich wahrnehmbaren, als große brennende Massen oder vielmehr als feurige Kugeln von gewaltigem Umfang dar, während die auf der Oberfläche den Anschein glühender cylinderrunder Eisenstäbe hatten. Dies waren Pyrosomen (Pyrosoma giganteum) des Atlantischen Ozeans.

Die Melonenqualle.

Doch ich bin euch ein paar aufklärende Worte schuldig über den Bau der Feuerwalzen. Denkt euch eine hohle Walze, die an einem Ende geschlossen ist, am andern eine Oeffnung hat, die Walze wird aus einer Masse von lauter einzelnen Thierchen gebildet, deren Vorderkörper mit der Eingangsöffnung über die Oberfläche der Walze hervorragt, deren dicker Hinterkörper sich nach dem Innenraume der Walze öffnet. Mit den Eingangsöffnungen nehmen sie Wasser auf und geben es mit den Auswurfsstoffen durch die hintere Oeffnung in den Innenraum der Walze wieder von sich, von wo es durch die große Oeffnung der Walze wiederum ins freie Meer gelangt. So ist also die Feuerwalze nicht ein bloßes Thierindividuum, sondern eine Thierkolonie, ein sogenannter Thierstock, der sich in seiner Gesammtheit fortbewegt.

Die sogenannte Galeere, eine leuchtende Röhrenqualle.

Ich sprach vorhin von Strahlthieren; es giebt deren noch viele anzuführen, welche leuchten. Da sind zunächst die Korallenthierchen zu nennen; ihr kennt sie bereits als die „Baumeister im Ozean" aus dem Buche, welches Paul zum

Weihnachtsgeschenk erhielt. — „Ja, ja, das Buch mit den schönen Bildern!" riefen die Kinder; Cordchen hatte sich auch gemerkt, daß der Titel des Buches „Lohn des Fleißes" lautet. — Auch diese Thierchen leuchten. Ehrenberg, der sie im Rothen Meere studirt hat, erzählt uns, daß sie alle leuchten, und daß ein Ruderschlag auf einem Korallenriffe zur Abendzeit Funkensprühen hervorrief. Die mit den Korallenthierchen verwandten Seeanemonen sah man gleichfalls leuchten. Während die Korallenthiere meist kolonienweise leben und kalkige Korallenstöcke bilden, leben diese Anemonen als Einzelthiere und gleichen in Gestalt und Farbenpracht den Blumen. Auch die zierlichen Seefedern oder Pennateln, federförmige Polypenstöcke, vertauschen die schön bunten Farben der Tageszeit zur Nacht mit feurigem Glanze.

Einen ganz besonderen Antheil aber am Meerleuchten haben andere Strahlthiere, die Quallen nämlich. Im Arabischen heißen sie kandil el bahhr, d. h. Seelaternen, und sie gleichen in der That den bunten Papierlaternen, die bei einer Illumination wie feurige Kugeln unter dem Lichtermeere auftauchen.

Da ist zunächst die Melonenqualle (Beroë), die ihren Namen davon hat, daß längs über ihren ovalen Körper acht Rippen verlaufen, wie die Rippen bei der Kürbisfrucht oder Melone. Auf diesen acht Rippen sitzen zahlreiche, kammartig eingeschlitzte Schwimmblättchen, mit deren Hülfe die Melonenqualle sich im Meere bewegt. Ueber den rosenrothen Körper dieses zarten und durchsichtigen Thierchens spannen sich blaue Rippen mit Schwimmblättchen, die in den Farben des Regenbogens spielen. Und diese Rippen sind denn auch im Dunkeln erleuchtet; es glänzen die Stellen, wo die Schwimmblättchen sitzen. ·

Weiter nannte ich die Scheibenquallen oder Medusen, die Candillieri di mare, d. h. Meerleuchter, der Italiener. Als große, feurige Massen mit farbigem Lichte gaukeln sie im leuchtenden Meere oft in unglaublicher Menge umher. Sie kommen in meilenlangen und meilenbreiten Zügen so dichtgedrängt beisammen vor, daß man das Meer mit einer Thiersuppe verglichen hat, durch welche die Schiffe sich oft tagelang hindurcharbeiten müssen. Denkt euch nur, diese zahllosen Schaaren leuchtend! — Die Hauptmasse des Körpers der Medusen bildet ein glockenartiger Schirm, die sogenannte Gallertscheibe der Meduse, wie etwa der Hut eines Pilzes oder ein aufgespannter Sonnenschirm ohne Stiel. Der Rand trägt Anhänge, unter anderen die „Randkörperchen", die man als Sinnesorgane anzusehen hat. Von der Unterfläche des Schirmes hängt der sogenannte Magenstiel herab, an dessen unterem Ende sich die Mundöffnung der Meduse befindet, welche oft von Lappen und Armen umgeben ist, die bei den verschiedenen Arten eine höchst mannichfaltige Gestalt zeigen, indem sie wie Blätter oder Bänder, oder sonstwie aussehen, einfach oder ästig sind, und die in der Zahl von 4 bis 64 auftreten. Als eine besonders weit verbreitete Art führe ich euch die Ohrenqualle (Aurelia aurita) an, die nicht blos in der Nordsee vorkommt, sondern, wie man liest, auch bei den Rabakinseln und bei Unalaschka. Eine andere Meduse, die ich namentlich anzuführen doch nicht unterlassen darf, ist die Leuchtqualle (Pelagia noctiluca).

Außer Rippen- und Scheibenquallen habe ich schließlich auch noch Röhren=
quallen anzuführen. Während wir es aber bei den ersteren mit Individuen zu
thun hatten, haben wir bei den Röhrenquallen wiederum Thierstöcke, wie wir sie bei
der Feuerwalze z. B. kennen lernten. Indessen handelt es sich jetzt um Thierstöcke
ganz eigenthümlicher Art. Wie nämlich in einer Fabrik der Eine nur das macht,
der Andere nur Jenes und so durch eine geregelte Theilung der Arbeit das ganze
Getriebe in lebhaftem Gang erhalten bleibt, so sind am Thierstock der Röhrenquallen
die verschiedenen Lebensverrichtungen auch an verschiedene, höchst einfach gebaute
Einzelthiere vertheilt; die Einen haben weiter Nichts zu thun, als für die Fortbe=
wegung zu sorgen, sie heißen Schwimmglocken; Andere haben nur zu fressen und zu
verdauen, und indem sie sich ernähren, zugleich mit für die Ernährung des ganzen
Stockes zu sorgen; dies sind die Nährthiere; wieder andere, die Fangfäden, nur die
Nahrung einzufangen u. s. f., und je nach ihrer verschiedenen Aufgabe sind sie ver=
schieden gestaltet, und der ganze Thierstock ist aus verschiedengestaltigen Einzel=
thieren zusammengesetzt, ein polymorpher, wie sich die Gelehrten ausdrücken. Früher
verstand man das nicht so und glaubte nur ein Einzelwesen vor sich zu haben, indem
man die Einzelthiere für dessen Glieder ansah.

Zu den leuchtenden Röhrenquallen gehört u. A. auch die Seeblase oder Phy=
salia, ein merkwürdiges Geschöpf, das bei den Seeleuten auch den Namen Ga=
leere oder portugiesisches Kriegsschiff führt, weil die große, bis 8 Zoll lange
eiförmige Luftblase, welche den Thierstock an der Oberfläche des Meeres schwimmend
erhält, sich einem Schiffe vergleichen läßt; auf ihrem Schiffe sitzt ein Hautkamm wie
ein Segel.

So hätte ich euch denn eine lange Reihe von Thieren vorgeführt, die alle mit der
Eigenschaft begabt sind, im Dunkeln zu leuchten, und die, soweit sie Seethiere sind,
eine Erscheinung hervorrufen, die als Leuchten des Meeres schon von jeher die Auf=
merksamkeit der Menschen auf sich zog. Wir kamen hierauf zu sprechen, indem wir
von unsern Johanniskäfern ausgingen, die fast die einzigen Leuchtthiere unserer
Heimat sind. Und nun schlaft wohl, träumt von der leuchtenden See und bewahret
es euch im Gedächtniß, was ich erzählte.

Die Kinder aber hatten während meiner Erzählung vergessen, auf ihre kleinen
Gefangenen Acht zu haben, und als sie jetzt nach ihnen sahen — o weh! da waren die
Johanniskäferchen unterdessen zwischen den Fingern entwischt! Cordchen vergoß
bittere Thränen darüber; die Mutter aber sagte: „Weine nicht; bedenke, es ist jetzt
den armen Käferchen gewiß recht wohl, daß sie nicht mehr eingesperrt sind!" — Sie
kann es nicht sehen, daß man ein Thier quält, — und das geschieht doch, wenn man
ihm seine Freiheit nimmt!

Aus dem Jugendleben im klassischen Alterthume.

Von Reinhart Zöllner.

1. Hellenische Knabenspiele.

Arbeit und Spiel, damit sei der Tag des Knaben ausgefüllt! Die Arbeit stärke den Geist und mache ihn zum Beherrscher des Körpers; das Spiel aber kräftige die Muskeln und wirke erfrischend und erheiternd auf die von langer Thätigkeit ermüdete Seele. Nur in dem Wechsel von Mühe und Erholung, von Ernst und Fröhlichkeit kann die Spannkraft des Körpers wie der Seele erhalten und aus dem heiteren, fleißigen Knaben der gesunde, willensstarke Mann entwickelt werden. Es bedurfte einer langen Zeit, ehe man sich wieder zu der Ansicht erhob, daß für die Jugend des Körpers Kräftigung ebenso nothwendig sei, wie die geistige Arbeit, ja erst in den letzten Jahrzehnten hat man begonnen, der Jugend in den Schulen nicht blos geistige Nahrung zu bieten, sondern auch den Körper durch passende Uebungen, das Gemüth durch heiteren Scherz zu erziehen. Hat denn, werden meine Leser fragen, der Knabe in früheren Zeiten das Spiel nicht gekannt; ward ihm nach der Arbeit nicht ein Stündchen gewährt, um mit seinen Genossen sich austummeln zu können, und haben in den letzten Jahrhunderten die jungen Geister nie Lust und Zeit zu Unterhaltung und Scherz gehabt? Wol ist das der Fall gewesen, aber das Spiel ward nicht für gleichberechtigt mit der Arbeit gehalten, es wurde mehr geduldet als angeregt und befördert. Im Mittelalter war der fröhliche Sinn in den engen, dunklen Mauern der Klosterschulen nicht zu Hause; dort saßen die Knaben still, mit frommen Gesichtern und glaubten eine Sünde zu begehen, wenn sie auf den Gesang des Vogels hörten, der auf der Linde im Klosterhof saß, statt der erbaulichen Schriftauslegung des Mönchs gespannt zu folgen.

Obgleich nun, wie schon gesagt, erst die neueste Zeit eine gleichmäßige Entwickelung der körperlichen und geistigen Kräfte angestrebt hat, so ward hierdurch doch kein neuer Gedanke verwirklicht, sondern nur ein Grundsatz wieder zur Geltung gebracht, den schon die alten Griechen richtig erkannt hatten. Es ist kein Zufall, daß gerade die hellenische Kunst den menschlichen Körper in jetzt kaum wieder erreichter Schönheit dargestellt hat. Ein Volk, welches in dem Glauben, daß nur in einem schönen Körper eine schöne Seele wohnen könne, die Gymnastik in ihrer höchsten kunstgemäßen Ausbildung übte, war auch im Stande, den Malern und Bildhauern die edelsten Formen darzubieten. Dieser Sinn für Harmonie und Rhythmus der Gestalten und Bewegungen findet seinen schönsten Ausdruck in der griechischen Erziehung. Die angeborene Anmuth, das Gefühl für Anstand im Geiste des Knaben zu entfalten, daneben aber auch physische Kraft und Stärke, kriegerische Tüchtigkeit und Abhärtung zu erzielen, ließen die Griechen sich angelegen sein, und die Geschichte giebt davon Kunde, was sie hierin erreicht haben. Aber nicht blos die Väter sorgten für Gesundheit, Kraft und Schönheit der Jugend, auch die Knaben und Jünglinge selbst waren außerhalb der Schule und des häuslichen Lebens immer darauf bedacht, ihrem Körper jenes schöne Ebenmaß und jene kräftigen Formen zu verleihen, welche sie täglich Gelegenheit hatten, an den Bildsäulen der Tempel und öffentlichen Plätze zu bewundern. Eng verwandt mit der Gymnastik, dem Turnen des Alterthums, waren die **Spiele der hellenischen Knaben**; von ihnen will ich jetzt erzählen. Vielleicht ist das eine oder andere nicht unwerth, noch heute, nach zwei Jahrtausenden, wieder geübt zu werden.

Von der Kinderklapper, welche nach der Ueberlieferung ein gewisser Archytas erfand, vom Steckenpferde, auf dem sich die griechischen Jungen lustig getummelt haben, von Bausteinen, hölzernen Wagen und Pferden, vom Kreisel und dem mit Schellen behangenen Reifen — kurz, von all dem mannichfaltigen Spielzeuge, das nur einen einzelnen Knaben unterhalten konnte und das noch unter der Jugendwelt unserer Tage in vollem, ungeschwächten Ansehen steht, soll hier nicht die Rede sein. Der Leser möge vielmehr theilnehmen an solchen Spielen, die theils mehrere ausführende Personen erforderten, theils durch die mit ihnen verbundenen Bewegungen auf die Gesundheit des Körpers wohlthätig wirkten.

Vor Allem ist hier zu nennen das **Ballspiel**. Noch im vorigen Jahrhundert war dasselbe überall gebräuchlich, und Alt wie Jung ergötzte sich an demselben. Heute wird es nur noch von den Kindern in der einfachsten Weise mit geringer Abwechslung geübt. Sein Ursprung reicht in die graue vorgeschichtliche Zeit zurück und ist Gegenstand von mancherlei Sagen geworden. Wenn wir dem alten Historiker Herodot Glauben schenken, so haben wir es den Lydiern zu verdanken, die es erfunden haben, um ihr Gemüth während einer gräßlichen Hungersnoth aufzuheitern. Daß das Ballspiel früh Verbreitung und selbst an den Fürstensitzen Liebhaber fand, lernen wir aus der Odyssee, die uns von der schönen Königstochter Nausikaa erzählt, welche mit ihren Gefährtinnen am Meeresstrande gern unter Gesang und Tanz Ball geschlagen habe. Bis in die Zeit der oströmischen Kaiser herrschte in ganz Griechenland eine Vorliebe für dieses Spiel, das einst dem besonders darin geschickten Karystier Aristonikos eine Ehrensäule eingebracht hatte.

In den größeren griechischen Gymnasien, jenen für die Ausbildung des Körpers bestimmten Räumen, war gewöhnlich eine besondere Abtheilung für die Ballschläger bestimmt, und besondere Lehrer unterwiesen dort die Jugend in den verschiedenen Abarten und Kunstgriffen dieses Spieles. Als hellenische Kultur nach Italien getragen ward und der kriegerische Römer an griechischer Sprache, Wissenschaft, Kunst und Lebensart sich verfeinerte, da bürgerte sich auch das Ballspiel unter den Römern ein, die lange Zeit die griechische Gymnastik für eitle Zeitverschwendung angesehen hatten. Draußen auf dem Marsfelde ergaben sich Knaben und Männer diesen Uebungen, welche das Auge schärften und die Muskeln des Armes stärkten; Greise noch liebten es, nach dem Bade zum Ball zu greifen, und selbst unter den Kaisern zählte das Spiel leidenschaftliche Anhänger.

Zwei Spielweisen waren in Griechenland besonders gebräuchlich; bei beiden trugen die Knaben leichte Kleider, damit die freie Bewegung der Arme und des Oberkörpers nicht gehindert würde.

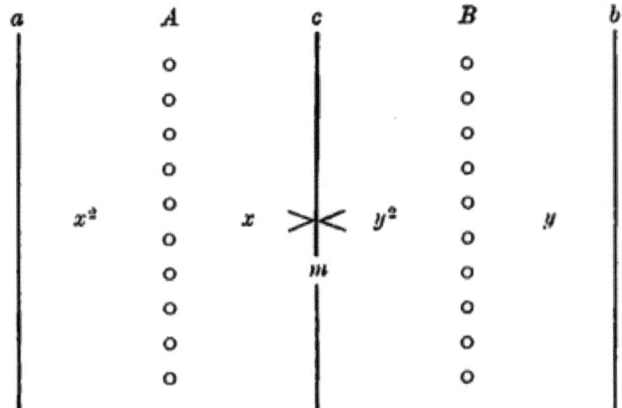

Die erste Art erforderte eine Theilung der Knabenschaar in zwei Parteien. War dies geschehen, so wurden drei ziemlich weit von einander entfernte Striche a b c auf dem Boden gezogen, so daß zwei gleiche Felder entstanden, welche die beiden spielenden Parteien A und B inne hatten.

Der Ball ward auf die Mittellinie c, etwa bei m, gelegt und beide Knabenschaaren stellten sich nun in der Mitte ihrer Felder, also auch in gleicher Entfernung vom Balle auf (Reihe A und Reihe B). Nach einem gegebenen Zeichen liefen sie auf denselben zu und der hatte den ersten Wurf, welcher den Ball zuerst erreichte und aufhob. Wir wollen annehmen, daß einer aus der Reihe B das Glück hatte, dem Genossen im Laufe zuvorzukommen. Dieser schleuderte nun, zurückgekehrt auf den Ort, von dem sie den Wettlauf begonnen hatten, den Ball über die Mittellinie c gegen die Partei A, welche ihm entgegeneilte und ihn auffing. Der Punkt, wo dies geschah — er mag in diesem Falle bei x gewesen sein — war der Standort für den Schleuderer aus der Reihe A. Warf dieser hinter die feindliche Linie B, z. B. nach y, so mußte wiederum von dort der Ball zurückgesandt werden. Die Partei B hatte aber einen guten Ballschläger, welcher trotz der großen Entfernung über die Linie A hinwegwarf und den Feind zwang, von x^2 den Wurf zu versuchen. Dieser reichte aber nur bis y^2 — die Folge war, daß ein Glied der Reihe B den Ball über die Linie a schleuderte und hierdurch die Gegner zum Verlassen ihres Feldes nöthigte. Damit war der Sieg errungen. Auch dann unterlag eine Partei, wenn der von ihr selbst geschleuderte Ball vor der Mittellinie c niederfiel, weil die Feinde, um ihn aufzufangen, in das eigene Gebiet dringen mußten. Es wird klar geworden sein, daß die Absicht der Spieler die sein mußte, durch möglichst weite Würfe den Gegner über seine eigene Grenze zu treiben.

Eine andere Spielweise war folgende: der Ball ward mit voller Kraft auf den Boden geworfen, sodaß er zurückprallte und mit der flachen Hand wieder aufgefangen werden konnte, darauf ward er abermals zurückgeschlagen und so fort, bis ihn die Hand nicht mehr fing. Wer bei diesem Spiele die meisten Schläge gethan hatte, wurde zum „Könige" gemacht, während der Ungeschickteste nicht allein den Beinamen des „Esels" empfing, sondern auch Alles thun mußte, was ihm der König anbefahl. Es war dies bei den griechischen Knabenspielen eine sehr gewöhnliche Strafe. So endete auch das „Scherbenspiel" mit den unsinnigsten Dienstleistungen des „Esels". Dieses Spiel hatte seinen Namen von einem Scherben, dessen eine Seite mit Pech schwarz gefärbt war, während die andere Seite ihre ursprüngliche weißlich-graue Färbung behielt. Die spielenden Knaben schieden sich in zwei an Zahl gleich starke Parteien, deren jede die eine Farbe des Scherben wählte. Hierauf trat einer der Mitspieler zwischen beide Theile, warf den Scherben in die Höhe und rief dabei „Tag und Nacht". Fiel nun der Scherben beim Herabkommen auf die weiße Seite, so war die Partei Sieger, welche sich für den Tag entschieden hatte, und die Partei der Nacht mußte die Flucht ergreifen. Unter wildem Kriegsgeschrei wurde sie verfolgt und der, welchen man zuerst gefangen nahm, ward im Triumphe nach der Stelle zurückgetragen, wo die Flucht begonnen, um dort feierlich zum „Esel" ernannt zu werden.

Ein anderes Scherbenspiel führte die Jugend an das Ufer eines größeren Flusses oder an den Meeresstrand. Dort wurden Scherben oder breite glatte Steine, wie solche von den Wogen abgeschliffen im Sande liegen, in solcher Weise auf die Oberfläche des Wassers geworfen, daß sie nicht untertauchen konnten, sondern abprallten und in weiten Sätzen über den Wasserspiegel dahinsprangen. Es war dabei nicht gleichgiltig, ob die Oberfläche des Wassers sich in Ruhe oder in

Bewegung befand. Wenn der Wind wehte und Wellen erregte, so war zum Gelingen des Wurfes große Geschicklichkeit nöthig, und erhob sich gar der Standort des Werfenden bedeutend über das Wasser, so kam es wol vor, daß ihm jeder Versuch fehl schlug. Als Sieger bei diesem Spiele galt nun Derjenige, dessen Scherben schließlich die meisten Sprünge gemacht und den weitesten Weg zurückgelegt hatte.

Während diese Uebungen die Muskeln des Armes kräftigten und der Hand Beweglichkeit verliehen, ward das Auge in jenem Spiele geschärft, welches man unter dem Namen Kyndalismos (von Kyndalos, der Stab) pflegte. Die Knaben zogen mit zugespitzten Stöcken hinaus auf das Feld oder an den Seestrand, wo der Boden locker war. Nachdem sie sich in eine Linie gestellt haben, wirft einer von ihnen seinen Stab so, daß er in möglichst weiter Entfernung in der Erde stecken bleibt. Dieser Stab gilt nun als das Ziel der weiteren Würfe. Dem Nächsten lag ob, seinen Stab derart zu schleudern, daß er nicht allein den bereits stehenden aus der Erde hob oder umstieß, sondern sich auch selbst festspießte. Gelang nur das Letztere, so konnte der Dritte an irgend einem der beiden Stäbe seine Kunst versuchen. Es ist selbstverständlich, daß, je mehr Stäbe in der Erde festsaßen, es um so leichter ward, einen derselben umzustoßen.

Zu ähnlichem Spiele wurden Münzen verwandt. Ein Knabe warf ein größeres Geldstück auf den Boden und ein anderer mußte dasselbe mit einer zweiten Münze so treffen, daß es in die Höhe sprang und sich auf die andere Seite legte. Oder man zog einen kleinen Kreis in den Sand und versuchte dann von einem bestimmten Standort aus Nüsse in denselben zu werfen, wobei letztere zugleich den Gewinn bildeten. Doch müssen wir hier bemerken, daß die außerordentliche Fruchtbarkeit des griechischen Bodens den Früchten fast allen Geldwerth nahm und daß demnach die Handvoll gewonnener Nüsse nur als Belohnung der Geschicklichkeit Werth hatte. Nie wird uns erzählt, daß die Knaben des alten Hellas aus ihren Spielen materiellen Vortheil zu ziehen gesucht hätten. Aufheiterung des Geistes, Erprobung ihrer Körperkräfte war der Zweck derselben. Galt doch dem Griechen der, welcher mit Gewandtheit der Glieder und schönen Körperformen einen heiteren, für das Gute und Schöne empfänglichen Geist verband, weit mehr als der, welcher die Armuth des Geistes mit klingender Münze ersetzen wollte und seinen siechen Leib in feine Gewänder hüllte. In solchem regen Wettstreite physischer Tüchtigkeit stellte die hellenische Jugend denn auch Uebungen an, welche heute nur auf dem Turnplatz gefunden werden. Es war für sie Spiel und Scherz, wenn sie nach den Regeln des Gymnasiums rangen oder ein Seil um ihren Körper schlangen und den Gegner mit sich fort zu ziehen strebten. Ein anderes Mal will ich erzählen, wie die junge Welt der Griechen unter Aufsicht ihrer Lehrer turnte; hier nur sei darauf noch hingewiesen, daß jene Uebungen der Ringschulen auch im freien Spiel wiederkehren und daß durch diese fortgesetzte Thätigkeit des Körpers ein Volk sich heranbildete, wie es in gleicher Schönheit die Erde kaum wieder sehen wird.

———

Ertheilung der Toga.

2. Altrömisches Jugendleben.

Wie der Unterricht, so die Kultur eines Volkes. Nie hat eine Nation ohne Schulen oder Erziehungsanstalten auf die geistige Entwicklung der Menschheit einen anhaltenden Einfluß ausgeübt. Und ebensowenig vermochte auch nur eines jener barbarischen Völker (Vandalen, Hunnen, Mongolen u. s. w.), die mit frevelndem Hohne die Stätten der Bildung verwüsteten, der von ihnen mißachteten Kultur auf längere Zeit wirksamen Widerstand entgegenzustellen. Durch Schulen werden rohe Völker besser und sicherer beherrscht, als durch die Schrecken des Schwertes.

Als irische und deutsche Sendboten das Christenthum im mittleren Europa ausbreiteten, da gründeten sie überall geistliche Unterrichtsanstalten, weil sie wohl begriffen, daß solche Einrichtungen (wie z. B. die Klosterschulen von St. Gallen, Reichenau, Fulda) gegen das andringende Heidenthum eine festere Schutzwehr bilden würden, als die wohlgefügten Burgen und Grenzwälle der Kaiser. Ohne Erfolg sind Alexanders des Großen Eroberungszüge geblieben; denn was die rohe Gewalt künstlich zusammengehalten, mußte mit dem Tode Desjenigen, von welchem sie ausging, zusammenbrechen. Jene griechischen Kolonien aber, welche außer den Reichthümern des Handels auch die Schätze der Wissenschaft zu sammeln und zu benutzen verstanden, haben ihre Blüte bewahrt nach dem Untergange der griechischen Freistaaten, nach der römischen Eroberung ihrer Mutterstätte. Nimmer hätte das Volk der Hellenen in Kunst, Wissenschaft und Politik das Höchste erreicht, was im Alterthum geleistet werden konnte, wenn nicht seine großen Weltweisen und Gesetzgeber auf die Jugenderziehung ein so bedeutendes Gewicht gelegt hätten, und die Römer hätten sich vielleicht nicht zu den Beherrschern der Welt emporgeschwungen, wenn sie nicht ihren Kindern grundsätzlich jene Tugenden eingepflanzt hätten, durch die sie unüberwindlich wurden. Diese Tugenden hießen Mannhaftigkeit, Mäßigkeit, Besonnenheit, Gehorsam. Während in Sparta der Knabe durch harte Zucht zum Krieger und in Athen, der Mutterstadt aller feineren Bildung, zum unabhängigen, Kunst und Wissenschaft achtenden Bürger herangebildet ward, sah der Römer in der Jugend das kommende Geschlecht, welches den Staat nach Innen ausbauen, nach Außen vertheidigen sollte, und erzog den Knaben zugleich zum Bürger und Krieger.

Achtung vor der väterlichen Gewalt wurde dem römischen Knaben schon früh als erste Pflicht des Kindes eingeprägt. Und diese Gewalt des Vaters reichte weit; er konnte sein Kind aussetzen, verkaufen, ja tödten. Der Konsul Mánlius Torquatus ließ seinen Sohn, der gegen seinen Befehl sich in einen Zweikampf mit einem Latiner eingelassen, zuerst wegen seiner Tapferkeit mit einer Krone belohnen, dann aber wegen seines Ungehorsams vor den Augen des ganzen Heeres tödten.

Bis zum fünfzehnten Jahre blieb des Knaben Erziehung in der Hand der Eltern. Wein trinken war der männlichen Jugend nicht vor dem dreißigsten Lebensjahre, den Frauen gar nicht gestattet. Zu den Füßen des Vaters, während des Mittagsessens, hörten die Kinder von den Sitten und Großthaten der Vorfahren erzählen, und die Vergangenheit des römischen Volkes wurde ihnen als Vorbild hingestellt. Sklaven lehrten den Knaben Lesen und Rechnen; der Vater unterwies ihn in den Gesetzen seines Volkes, im Werfen des Wurfspießes, im Gebrauch der Waffen, im Reiten und Faustkampf, und zwang ihn, Hitze und Kälte, Hunger und Durst ohne Murren zu ertragen. Bei Gastmählern sangen die Knaben entweder mit bloßer Stimme, oder unter Begleitung der Flöte Lieder, welche den Ruhm vergangener Geschlechter feierten und, vom Vater mitgenommen in die Versammlungen des Senates hörten sie dort erfahrene Männer über das Wohl und Wehe des Staates berathen. In größter Stille mußten sie dort sitzen und durften nie die Achtung vor dem Alter aus dem Auge verlieren. Es wird uns berichtet, daß Greise fast wie Götter von dem jüngeren Geschlechte verehrt wurden, und daß es für ein des Todes würdiges Verbrechen galt, vor einem grauen Haupte nicht aufzustehen. Bescheidenheit und Scham waren des römischen Knaben größte Zierde; der alte, ehrenfeste, an den überkommenen Sitten festhaltende Cato, derselbe, der unablässig die Römer zur Zerstörung Karthago's antrieb, meinte, die, welche erröthen, seien ihm lieber als die, welche erbleichten, denn die Röthe sei die Farbe der Tugend.

So vergingen die Knabenjahre. Fast scheint es, als ob aus ihnen die Fröhlichkeit und der übersprudelnde Genuß kindlicher Freuden verbannt gewesen, als ob mit Absicht schon der frühesten Jugend des Lebens Ernst gelehrt worden sei. Und doch ward die römische Erziehung an Härte und Strenge bei weitem übertroffen durch die Art und Weise, wie der spartanische Staat die Söhne seiner Bürger zu Kriegern abhärtete. Die mütterliche Liebe, welcher in der spartanischen Verfassung nur auf die ersten Jahre der Kindheit ein Einfluß gestattet ward, hatte in Rom eine große, selbst in die Geschicke des Staates eingreifende Macht. So konnte Veturia, die Mutter des großen Plebejerfeindes Coriolan, als ihr Sohn, geächtet und vertrieben von den niederen Volksmassen, mit dem von ihm aufgewiegelten Stamme der Volsker das römische Gebiet verwüstete, das Unheil von der schwer bedrängten Stadt abwenden und den fünf Meilen von den Thoren Roms lagernden Coriolan zum Abzug durch ihre Bitten bewegen. Und welch ein hehres Frauenbild ist die Mutter der Gracchen, Cornelia! Sie hatte ihre beiden Söhne in den Wissenschaften gelehrt und ihr Herz zu entflammen gewußt für die Größe des Vaterlandes und die Freiheit der unterdrückten Klassen. Als nun Tiberius Gracchus von Anhängern des Adels erschlagen war und 10 Jahre später sein Bruder Cajus, am Siege der gerechten Sache verzweifelnd, sich das Schwert in die Brust gestoßen hatte, da rief Cornelia in ungebeugtem Stolze: Sie haben nun die Grabmäler gefunden, die sie verdienen.

Solch hochherziger Frauensinn war nicht selten im römischen Volke, und die Jugend hat von den Müttern gerade nicht den geringsten Theil römischer Republikanertugend empfangen. Außerdem mochte wol die Liebe der Mutter die väterliche Strenge in der Erziehung des Knaben mildern und dem kindlichen Gemüthe im Geheimen manche Freude schaffen, die dem praktischen Römer vielleicht als unnütze Verweichlichung erschien. Weiß doch heutigen Tages noch das Kind am Herzen der Mutter Ersatz zu finden für die Entbehrungen, die der Vater ihm aufzuerlegen scheint.

Wie unsere Knaben den Tag der Konfirmation herbeisehnen, durch die sie in die Reihen der Erwachsenen aufgenommen werden, so war das Ziel römischer Jugendwünsche die Anlegung der „männlichen Toga", welche im 15. Lebensjahre gefeiert zu werden pflegte. Da ward das mit Purpur besetzte Gewand abgelegt und an seine Stelle trat das weiße Kleid der Männer; das lange Haar ward verschnitten und der Knabe für zurechnungsfähig erklärt. Ein Jahr darauf trat er in das Heer ein. Man darf nun keineswegs glauben, der römische Jüngling wäre in der männlichen Toga aller Zucht entwachsen und jedes ferneren Unterrichtes ledig gewesen. Nicht minder streng, als in den Knabenjahren, ward sein Verhalten beaufsichtigt und er zu Ernst, Mäßigkeit, häuslicher Ordnung und Sittlichkeit angehalten. Der Pädagog — oft ein Sklave, der zu keinem anderen Geschäfte taugte — begleitete ihn nach Art unserer Haushofmeister, gab ihm Regeln über Anstand und feines Benehmen, überwachte seine Arbeiten und hatte selbst das Recht, Ungehorsam des Zöglings mit körperlicher Züchtigung zu bestrafen. Wie vor nicht allzu langer Zeit ein adliger Gutsbesitzer in Mecklenburg einen Hauslehrer suchte, der zugleich mit den Pferden umzugehen verstände, so kam es im alten Rom vor, daß von einem gelehrten Sklaven, außer pädagogischen, noch andere Talente gefordert wurden. Aemilius Paullus, Besieger des Perseus, bat die Athener um einen Philosophen, der außer Kindererziehung Malerei verstehen sollte, um Bilder zur Verherrlichung seiner Kriegsthaten zu verfertigen. Nach langem Suchen fand sich in Athen der Philosoph Metrodorus, der Lehrer und Maler zugleich war.

Wie aber sah es in den römischen Schulen aus? Du darfst dir nicht denken, lieber Leser, daß in den Zeiten der römischen Republik und unter den ersten Kaisern die Jugend in eigenen Staatsgebäuden, von Lehrern, die vom Staate geprüft, angestellt und besoldet wurden, zu festgesetzten Stunden, in bestimmten Disziplinen unterrichtet worden wären, oder daß die Regierung wol gar den Schulbesuch zu einer vom Gesetz vorgeschriebenen Pflicht erhoben hätte. Alles dies sind Errungenschaften des letzten Jahrhunderts. Zu den Zeiten des Cato war der Schulbesuch wie das Schulmeistern frei; erst unter der Kaiserherrschaft wurden ständige Staatsschulen begründet und in denselben vom Staate bezahlte Lehrer beschäftigt. Der Römer der älteren Zeit hielt nicht viel auf Schule und Lehrer. Das Leben schien ihm den besten Unterricht zu geben. Daher wurden die Schulen ludi, Spiele, genannt, als ob die Beschäftigung mit den Wissenschaften eine Erholung, ein Zeitvertreib wäre. Und in den Schulen selbst lehrte man besonders die Disziplinen, welche im gesellschaftlichen Leben am häufigsten verwendet werden — Schreiben, Lesen, Rechnen und nothdürftig Geographie. Der große Dichter Horaz erinnerte sich noch im hohen Alter an die Tage, da er mit der Kapsel mit Rechensteinen oder Rechenpfennigen zur Schule gegangen, und die Schläge, welche ihm seine Lehrer wegen Unaufmerksamkeit häufig ertheilt hatten, blieben lange in seinem Gedächtniß.

Da saßen denn die römischen Jungen in ärmlichen Buden auf dem Marktplatze und empfingen ihren Elementarunterricht häufig von einem Sklaven, den körperliche Gebrechen zu anderen Diensten untauglich gemacht hatten. Das Vorsagen auswendig gelernter Stücke aus Dichtern, das Buchstabiren und das Geschrei, welches auf Züchtigungen folgte, ward nicht selten auf der Straße von Vorübergehenden gehört. Auf Wachstafeln wurden die von dem Lehrer vorgezeichneten Buchstaben mit einem Metallgriffel eingeritzt, der oben platt war und zur Glättung einer vollgeschriebenen Platte diente. So konnte dieselbe Tafel jahrelang benutzt und das theure, aus Aegypten bezogene Pergament entbehrt werden. Bücher bekamen die Schüler nicht in die Hände. Waren dieselben doch so kostbar, daß mancher Gelehrte, der eine Abschrift nicht erschwingen konnte, oft jahrelang warten mußte, bis er ein Exemplar eines ersehnten Werkes geliehen erhielt. Der Lehrer diktirte einzelne Stellen, welche ihm des Auswendiglernens werth erschienen.

Ferien, jene fröhlichsten Zeiten des Schülerlebens, waren dem römischen Knaben nur karg zugemessen; kaum daß er zur Feier der Saturnalien, des altrömischen Carnevals und in der Obsternte und Weinlese einige Tage sich frei fühlen durfte von der Aufsicht eines rücksichtslosen Schulmeisters. Wir dürfen den Worten des Horaz glauben, daß die Knaben in den Ferien keinen Augenblick verloren, die Zeit der Lust im Fluge wegzuhaschen.

Wir scheiden von dem römischen Knaben. Die Zeit ist gekommen, wo er mit der männlichen Toga sich dem Bürger näher gerückt fühlte, wo er auf Reisen oder im Heere, durch den Umgang berühmter Staatsmänner oder als Besucher einer Rednerschule sich ausbildete, um später sowol im Kriege als in den Verhandlungen des Senates das Wohl des Staates zu fördern.

Erholungsstunden.

Von der Wünschelruthe.

Die Wünschelruthe ist bekanntlich jenes räthselhafte Instrument, dessen sich die Bergleute, bisweilen auch Andere, bedienen, um mit seiner Hülfe unter der Erde verborgene Metalladern, Kohlen, Wasser u. s. w., aufzufinden. Ihren deutschen Namen, den man zuerst in dem zu Augsburg 1482 erschienenen Buche des Conrad von Megenberg, „Buch der Natur", als Wündschrute findet, leiten die Meisten von dem alten Worte „wünscheln", was soviel als wackeln, schlagen, sich bewegen bedeutet, ab. Im Lateinischen heißt sie virga metalloscopia (die metallspähende), virga aurifera metallica — ebenfalls Namen, die sich auf ihre vermeintliche Kraft, die Gegenwart von Metallen anzudeuten, beziehen — oder auch virgula divina (das göttliche Ruthchen), virga divinatrix, die weissagende Ruthe; und virga mercurialis, denn „Mercurio, der Musen Vater, sey ein trefflicher Physikus gewesen, daß er auch mit seiner Ruthe und Kreutern habe Todte erwecket, daher er nach den tote unter die Götter gezehlet." Bei den tyroler und italienischen Bergleuten heißt sie verga lucente, candente, saliente, verga battente oder trepidante (die zitternde). Die Franzosen nennen sie verge divine, luisante, verge ardente, superieure oder baguette divine, baton de Jacob.

Jedenfalls ist die Sache selbst eine sehr alte und die Vertheidiger der Wünschel= ruthe meinen sogar, daß Mosis Stab ein derartiges Instrument gewesen sei, „damit er Wasser in den Wüsten gesucht, vielleicht auch umb den Berg Sinai und Horeb Metallgänge damit aussuchen wollen, und hernach die Wunder vor Pharao mit solchem Stabe gethan." Auch werden die Bibelstellen in Hoseas: „Mein Volk fraget sein Holz", und Psalm 4: „Dein stecken und stab tröstet mich", darauf bezogen.

Cicero und Varro gedenken schon der Wünschelruthe. Jener zu Ende des ersten Buches „de officiis" gegen seinen Sohn spruchweise. Dieser schrieb eine Satyre, die er „virgula divina" nannte. Wahrscheinlich ist es, daß die Wahrsageruthen, die mit dem übrigen Weissageapparat den Römern von den Aegyptern überbracht wurden, die Veranlassung zu jenem bergmännischen Glauben wurden.

Am meisten Geschrei wurde zu Ende des siebzehnten und zu Anfang des achtzehnten Jahrhunderts von der Wünschelruthe gemacht. Sie spielte damals dieselbe Rolle, wie heutzutage die drehenden, schreibenden und weissagenden Tische, Psychographen, Storchschnäbel, Ringe, magnetische Pendel (welche damals auch schon in Gebrauch waren) und wie all' der Unsinn sonst noch heißen mag. Es war nämlich im Jahre 1692 in Frankreich ein Mord an einem Weinschenken verübt worden, der Mörder konnte aber trotz aller Anstrengung der Verwandten des Gemordeten sowie der Gerichte nicht entdeckt werden, bis endlich ein Bauer, Jaques Aymar aus dem Delphinat, mit Hülfe der Wünschelruthe seine Spur fand, sie 45 französische Meilen weit sogar auf der Rhone hin verfolgte, und endlich einen Mann als den Missethäter bezeichnete, der denn auch trotz aller Versicherung seiner Unschuld „zur Hafft gebracht und aufs Rad geleget wurde." Ein andermal hatte derselbe Bauer, der durch dies Experiment sich einen ungemeinen Ruf verschaffte, zur Aufklärung eines andern Mordes seine Kraft versuchen. Man führte ihn mit seiner Ruthe zu dem erschlagenen Schaarwächter, allein, wie der Bericht jener Zeit sagt, „es hat die Ruthe nicht schlagen wollen, noch sich sein Geblüthe wie sonsten beweget. Dieses ist kein Wunder, meinen Alle, denn Aymar habe gedacht: Es sey doch nur ein Häscher und sey also nicht viel an den Kerl gelegen. Mit dem ermordeten Weinschenken aber habe er mehr Mitleid gehabt. Dieses scheinet zwar dem ersten Ansehen nach gantz ridicüle, wenn man aber die beigefügte Ursach, daß alle Bauern den Häschern Feind, den Weinschenken aber gut wären etwas reiffer erweget, dörffte Sie doch wohl für ernsthafft und zum wenigsten für nicht unwahrscheinlich passiren." Es läßt sich gegen solche Argumente allerdings nichts Wesentliches beibringen, nur müssen wir von Herzen den armen Menschen bedauern, bei dem es die Ruthe für räthlich fand, aus Freundschaft für den ermordeten Weinschenken zu schlagen.

Seitdem wurde unter Gelehrten und Nichtgelehrten ein heftiger Streit über die Kraft der Ruthe geführt, an dem sich die ganze gebildete und nicht gebildete Welt betheiligte. Die Geistlichkeit nahm sich der Sache an, indem sie theils den Teufel als Bewegungsgrund ansah, theils aber das Ganze als einen thörichten Aberglauben leugnete und verdammte, und sie hat damit allerdings, entgegen allen übrigen gelehrten Körperschaften, einen Beweis von Unbefangenheit an den Tag gelegt.

Zwar waren schon vorher die Künste der Wünschelruthe geübt worden, wie namentlich nach dem dreißigjährigen Kriege Einer vom Lehrstande klagt, „daß diese schädliche Künste schon vorlängst unter die Soldaten gerathen seyen, so in vorigen Kriegen, da die Leute solcher Tücke nicht vermuthend waren, mit ihren beschworenen

Zauberruthen fast alles versteckte Geld, so unter Dach sich befunden, ausgelochert und manchem armen Mann damit wehe gethan und betrübt." Indessen kam erst zu Anfange des 18. Jahrhunderts die Wuth, die Ruthe schlagen zu lassen, unter das größere Publikum. Ganz wie vor wenig Jahren die Drehkrankheit. Wie man hier bald von der ursprünglichen Fassung des Wunders, daß sich Tische drehten, wenn eine Anzahl „Medien" an ihnen eine Kette bildeten, abging, und alle nur möglichen Geräthschaften, Papier, Hüte, Fässer, selbst Menschen auf ihre Fähigkeit sich zu drehen untersuchte, und auch wirklich alle derselben Kraft unterworfen fand, so entdeckte man auch damals bald, daß die Wünschelruthe, um Wasser oder Metall anzuzeigen, nicht gerade eine „zweizinkichte, haselne Sommerlatte, am Sonntage nach dem Neumonde früh vor Sonnenaufgang mit dem Gesicht nach Morgen zu geschnitten" und mit dem Ruthensegen getauft sein müsse, sondern daß sich Alles dazu eigne. „Ein Lineal, eine Lichtputze, eine Knackwurst, nach der rechten Art geführt, giebt auch eine perfekte Wünschelruthe." Andere meinen wieder, daß sich vorzüglich „Messer und Gabeln, in einander gesteckt, Tabakspfeifen, Kesselringe, Eimerhölzer, sogar Buchbinderpressen" dazu eigneten, oder auch nur „ein alter Besen, wenn er das Geschick dazu hat, muß doch eine Sauborste schlagen."

Trotz alledem hielten die echten Ruthengänger, wie man Diejenigen nennt, die mit ihr in besonderem Rapport zu stehen behaupten, doch dafür, daß eine gute Wünschelruthe nicht zu groß sein dürfe, etwa 1½ Schuh lang und einen Finger dick. Am besten eigne sich ein Jahreswuchs dazu, der sich gleich am Boden spalte, eine sogenannte Grundzwiesel; so soll zum Beispiel die Ruthe besondere Kraft erlangen, wenn sie in der Neujahrsnacht um 12 Uhr nackt geschnitten wird.

In allen Fällen soll sie durch drei im Namen der heiligen Dreieinigkeit geführte Schnitte von der Wurzel losgelöst und mit dem Spruche begrüßt werden.

War eine Ruthe solchergestalt geschnitten, so wurde sie, wenn man sie befragen wollte, folgendermaßen gehalten. Der Ruthengänger nahm die beiden Enden, die sogenannten Hörner, in die Hände, sodaß diese Fäuste bildeten, die Daumen nach außen, das Innere der Hand nach oben, und die Ruthe nach der Brust zu gerichtet war. Nähert er seine Schritte dem gesuchten Gegenstande, so biegt sich in demselben Maße die Ruthe zur Erde nieder, sie schlägt. Damit sie sich in den Händen ordentlich zu drehen vermöge, soll sie aber nicht zu scharf gehalten werden. Aus der Stärke der Bewegung sowie aus der Anzahl der Schläge glaubte man einen Schluß auf die Qualität nicht nur, sondern auch auf die Quantität des Gesuchten machen zu können, und es bildeten sich Alphabete, gerade wie beim Tischklopfen, nach denen man die Antworten auslegte. Denn es kam bald so weit, daß die Ruthe nicht einfach Ja oder Nein antwortete, sondern man konnte sich mit ihr unterhalten, wie mit einem vernünftigen Wesen! Drei Schläge bedeuteten Quecksilber, 6 Wismuth, 9 Schwefel, 10 Eisen, 12 Blei, 14 Zinn, 15 Kupfer, 22 Silber, 28 Gold. Durch die letztere Zahl wurde aber auch das den Bergmann fortwährend äffende und deshalb Kobold oder Kobalt genannte Erz angezeigt; um sich dafür zu vergewissern, ob Gold wirklich gemeint sei, nahm der Ruthengänger einen Dukaten in die Hand. Die

Bewegung mußte dann fortdauern. Die Wünschelruthe zeigte auch nicht blos Metalle oder Wasser an. Wie wir im Anfange gesehen haben, war man mit ihrer Hülfe im Stande, die Spuren von Mördern zu entdecken; es brauchten auch nicht gerade Mörder zu sein, die Ruthe schlug auch auf den Grenzen von Aeckern, auf unbekannten Wegen, „wo Jemand gesessen in fremder Kirche." Sie gab die Zeit an, sie gab Auskunft, ob Einer in der Fremde lebendig sei oder todt.

Kurz und gut, die Ruthe schlug schließlich auf Alles, worauf man nur immer ihre Kraft probirte. Es ist dies auch ganz erklärlich, denn wie der Tisch auf alle an ihn gerichteten Fragen wirklich durch sein Klopfen antwortet, diese Bewegungen aber durchaus durch nichts Anderes bedingt werden, als durch den unbewußt in den Muskeln der Daranstehenden wirkenden Willen, so ist es nicht nur ebenso möglich, sondern sogar viel sicherer, daß die leichte Ruthe, die nur von dem Willen eines Einzigen, der sie trägt, in ihrer Bewegung abhängt, ebenso durch Bewegungen antwortet, wie ein schweres hölzernes Möbel; sie wird aber nie etwas Anderes sagen, als was der Haltende schon weiß, oder wenigstens vermuthet, in allen anderen Fällen wird ihrer Weissagung kein anderer Kredit zuzuschreiben sein, als dem willkürlichen Rathen, durch welches auch bisweilen das Richtige zufällig getroffen wird. Die Bergleute mögen zum Theil an die Kraft der Ruthe noch glauben, das beweist aber nichts für sie; die meisten führen dieselbe jedenfalls nur als einen geheimnißvollen Apparat, die Einfältigen damit zu täuschen, und wenn in unserem Jahrhundert noch Leute, die zu den Gebildeten gezählt werden wollen, Ruthengänger kommen lassen, ehe sie einen Brunnen graben, und den Erfolg wirklich vom Schlagen der Wünschelruthe, nicht aber von der Einsicht des Bergmanns, der sie trug, abhängig machen, so stehen sie auf derselben Stufe mit den abergläubischen Frauen, die das Punktirbuch zum Entschlusse bestimmt. Ein alter Vers sagt schon:

„Der Ruthengänger zieht durchs Feld
Und betreugt die Leut' umbs Geld."

Das Privilegium der Wünschelruthe ist immer noch den Bergleuten verblieben, und wenn man bedenkt, daß mancher dieser Armen, wenn seine Kraft dem Berufe nicht mehr genügt, in der Wünschelruthe wirklich den Stecken und Stab hat, der ihn tröstet, so möchte man sich mit dem Aberglauben der meist besser situirten Grundherren fast aussöhnen.

Trotzdem daß sich die Wünschelruthe im Ganzen als ein sehr willfährig Werkzeug zeigte, hatte man doch noch verschiedene Kunstgriffe beim Tragen, um ihre Kraft zu erhöhen. Suchte man z. B. Metall, so nahm man von derselben Sorte, auf welche gerade der begehrliche Sinn stand, einige Stücke in die Hand. Die Bewegungen waren dann oft so heftig, daß die Ruthe zerbrach, und man meinte schon damals, daß in den Pflanzen eine Seele stecke, auf deren Thätigkeit dergleichen Einfluß habe. „War das Holz jung und weich, so ging es stärker, und ich that ihm doch nichts, oder drehte sich aus der Form wie eine Winde, damit man die Reißholzwellen bindet. Ei, dachte ich, machen sich denn die Winden selber, und ein Anderer muß sich so damit zermartern? Ich dachte weiter nicht, als das Holz thut wie ein

Bauer, den man in Thurm steckt (nicht wie ein Student, der mit Freuden ins lateinische Carcer geht) daß es so reist und thurnieret, und vielleicht thuts ihm wehe, daß ichs krümme, und die Bäume auch animam vegetativam hatten als das Holz noch grün war."

Die Annahme einer eigenthümlichen Pflanzenseele tritt noch augenscheinlicher in folgender Aeußerung eines anderen Autors aus den ersten Jahren des achtzehnten Jahrhunderts hervor: „beiläufftig ist zu gedenken, daß die Ruthe auf folgende manier nicht schlegt, wenn sich ihrer zwene g. ex. mit dem blossen Hindergestelle drauff setzen, einer an diesen, der andre an jenem ende." Vor allen Dingen verlangte sie eine anständige Behandlung, was wir ihr in Betreff der Anforderungen, die auf der anderen Seite an sie gemacht wurden, durchaus nicht verargen.

Wer sich die Aktion des Ruthenschlagens auf einfachere Weise, ohne durch Dazwischentreten einer guten Seele des Holzes, oder der verlockenden, zu trügerischen Unternehmungen auffordernden Stimme des Teufels, erklären wollte, schrieb das Abwärtsgehen, das Schlagen, gewissen anziehenden Kräften zu, die von den Metalladern, den Wasserlagern ꝛc. auf die Ruthe ausgeübt werden sollten. Von den Fußspuren, meinte man wol auch, stiegen feine Dünste auf, und diese vermöchten das Spiel hervorzubringen. Aber, warf man von ungläubiger Seite ein, warum wachsen dann auf den Bergen, in deren Innern doch Metallgänge vorhanden sind, die Haselstauden gerade in die Höhe, und „beugen die Mörderdünste die Wünschelruthe, warum beugen sie denn nicht die Haare des Ruthengängers? weil sie doch sowol in die Haare als in die Ruthe sich ziehen und die Haare viel biegsamer sind als die Wünschelruthe, so steifgehalten wird, da die Haare niemand hält. So müßte ja kein Ruthengänger krause Haare haben, sondern sie würden alle gleich niedergezogen wie die Sauborste, ja weil der Haare viele sind würden ihm die Dünste den Kopf gar niederziehen, daß er nicht auffgericht gehen könnte." Denn nicht Alle schworen zu der „Sommerlatte"; und wenn auch die größte Anzahl derselben, welche sie als ein trüglich Ding halten, dessen Foppereien die Bergleute und Gewerbe zu großen Schaden brächte, sie nur verwarf, weil sie den Teufel im Spiele glaubten, so gab es doch auch Skeptiker, die an und für sich nicht daran glaubten und das Eintreffen derartiger Prophezeiungen als zufällig betrachtet wissen wollten. Daß der Wille des Ruthengängers, der, ohne zum Bewußtsein zu gelangen, auf die Muskeln der Hand einwirke, die einfachste Ursache sei, dieser objektiven Anschauung dagegen begegnen wir auch zu unserer Freude schon in jenen Zeiten, in denen die über alle Gebiete der Natur noch verbreitete Unklarheit der allen Menschen innewohnenden Vorliebe für das Unerklärliche und Geheimnißvolle den größten Vorschub leistete. „Das Principium ist moralisch und depenbiret von des Ruthengänger seinen Willen", und deshalb habe auch des Jaques Aymar Ruthe nicht die Mörderspur von dem erschlagenen Scharwächter finden können, weil der Bauer auf den Missethäter in diesem Falle nicht so „scharff erpicht" gewesen sei.

Man sieht, wie schwer es der Vernunft wird, in unserer Welt zu siegen. Vor Jahrhunderten bereits kennzeichneten die Einsichtsvollen den Unfug mit der Wünschelruthe als ein Menschen unwürdiges Spiel, und führten zur Ueberzeugung alle dabei auftretenden Erscheinungen auf ihre natürlichen Ursachen zurück. Trotzdem hat es noch im neunzehnten Jahrhundert Menschen gegeben, die an denselben Firlefanz glaubten. Und es waren dies nicht etwa solche, welche den Naturwissenschaften, vielleicht den Wissenschaften überhaupt fern standen, denn selbst aus den Reihen derer, die sich Naturforscher nennen, sprangen dergleichen drollige Prediger heraus. Ein wissenschaftliches Journal, die berühmten Gilbert'schen Annalen der Physik, stempelt sich noch im Jahre 1827 zum Beweise dafür, und die hermetische Gesellschaft, der der unvergleichliche Dichter der Jobsiade (Kortüm) als Vorsteher angehörte, legte den Diplomen, durch welche sie Ehrenmitglieder aufnahm, 1819 noch kleine Wünschelruthen bei.

Neue optische Täuschungen.

Um unseren freundlichen Lesern, welche an den von uns schon früher vorgeführten optischen Täuschungen Gefallen fanden, eine weitere Ueberraschung dieser Art zu bereiten, haben wir hier die Theile von zwei Ringen auf einander gelegt und

knüpfen daran die Frage: Welcher von beiden ist der größere? Wahrscheinlich werdet ihr den unteren sofort für den größeren halten; meßt ihr aber mit dem Zirkel genau nach, so findet ihr den oberen um den zwölften Theil eines Zolles sogar länger als den unteren. Das Auge folgt unwillkürlich der Fortsetzung der Seitenlinien des unteren Ringabschnittes und verlangt, daß der obere sich derselben anschließe.

Weiterhin kommt es nicht selten vor, daß über die richtige Fortsetzung einer unterbrochenen Richtung das Auge sich täuschen kann. Umstehende Abbildung

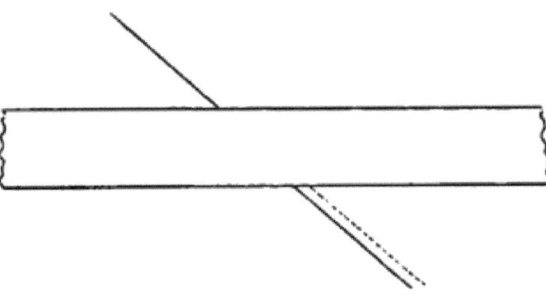

zeigt uns ein Lineal wagerecht über einen Stab gelegt. Letzterer kommt an der unteren Seite des Lineals wieder zum Vorschein. Zur Auswahl haben wir zwei Linien daselbst gezeichnet, eine punktirte und eine volle.

Den meisten Augen wird die untere volle Linie als Fortsetzung des Stabes erscheinen; das angelegte Lineal zeigt unsern Irrthum.

Auch über die Größenverhältnisse der Dinge, über ihre Breite und Höhe sowie über ihre Richtung ist das Auge vielfachen Täuschungen unterworfen. — Dort auf dem Tischchen steht ein schwarzer Chlinderhut. Ihr werdet ihn nach dem Augenmaß sicher höher schätzen, als er breit ist. Beim Messen werdet ihr Höhe und Breite gewöhnlich ganz gleich finden.

Wir haben zwei gleich große Gruppen von Strichen gezeichnet, bei a wagrechte, bei b senkrechte. Die erstere Abtheilung wird uns höher erscheinen, die zweite dagegen breiter.

Die verschwindende Scheibe. An einer dunklen Wand befestige ein Scheibe von weißem Papier, etwa zwei Zoll im Durchmesser und in der Höhe der Augen, dann eine zweite Scheibe von drei Zoll Durchmesser, zwei Fuß weiter rechts, jedoch ein wenig tiefer. Stelle dich gerade vor das Papier, mache das linke Auge zu und sehe scharf mit dem rechten nach dem kleinern Papier. Gehst du dabei langsam zurück bis etwa sieben Fuß Entfernung oder etwas darüber, so wird deinem Auge die große Papierscheibe rechts entschwunden sein.

Mathematische Denkübungen, Aufgaben und Scherze.

1. Richtiges Denken ist eine gar gute Sache, und oft ist mehr damit zu erreichen, als dem oberflächlichen Blicke für möglich erscheint. Wer nicht denken gelernt hat, sucht die Lösung der Aufgaben, die sich ihm im Leben stellen, durch Probiren und Rathen zu finden, ein mißlicher Weg, den man zwar nicht immer ganz vermeiden kann, aber so viel wie möglich durch vorhergehende Ueberlegung zu ebnen vermag. Und daß eine verständige Betrachtung auch unter Umständen zur sichern Lösung führt, wo man eine solche nicht so leicht erwarten sollte, mag u. A. das folgende Beispiel lehren.

Ein Knabe, der vor Kurzem erst einer Turnklasse eingereiht ist, wird gefragt, wie stark diese Klasse sei. „Ich kann das nicht wissen", lautet die Antwort, „denn ich habe nie Gelegenheit, die Knaben so ruhig neben einander stehen zu sehen, daß ich sie zählen könnte; wenn wir aber exerziren, so stehe ich als Jüngster im letzten Gliede und kann mir einen Ueberschlag nicht machen" „Nun" — forscht der Frager weiter — „es wird sich vielleicht ein anderes Mittel finden; sage mir zuvörderst, ob Ihr tagtäglich in derselben Art Eure Exercitien macht, oder ob darinnen Abwechselungen vorkommen, Abwechselungen in der Aufstellung, Eintheilung u. s. w." „Ja, das wohl", lautet die Antwort, „aber ich habe auch dabei nur beobachten können, daß, wenn wir zu zwei marschirten, ich allein im letzten Gliede ging, wenn wir zu drei uns aufgestellt hatten, blieb außer mir noch einer mit im letzten Gliede, bei der Aufstellung zu vier waren wir zuletzt drei, bei 5 blieben 4, bei 6 dagegen 5 übrig, und nur wenn wir zu 7 gingen, ging ich mit im vollen Gliede und es bleibt Niemand übrig; aber wie viel Glieder jedes Mal vor mir gehen, das habe ich noch nicht erfahren können."

„Das ist auch gar nicht nöthig, denn aus dem, was wir jetzt wissen, läßt sich die Zahl der Turner durch ruhige Ueberlegung ganz sicher finden, zumal da wir annehmen dürfen, daß diese Zahl jedenfalls weniger als 500 beträgt."

Sucht also die Aufgabe mit zu lösen.

2. Man setze aus 14 Strichen, Linien oder Hölzchen folgende Figur zusammen

Durch Hinwegnahme von drei Strichen, (Hölzchen, Linien) sind drei gleichseitige Vierecke herzustellen.

Geschichtskalender.

Erinnerungstage vaterländischer Großthaten. Geburts- und Sterbetage berühmter Menschen.

(* bedeutet geboren, † gestorben.)

November.

1.
- 1546. Giulio Romano, eigentlich Pippi, Maler und Baumeister, † zu Rom. Der Lieblingsschüler Rafael's. (St. Stephan's Tod. — Psyche.)
- 1757. Antonio Canova, * zu Possagno im Venetianischen, Bildhauer. (Dädalus und Ikarus. — Drei Grazien. — Büste Napoleon's.)
- 1816. Fr. W. Hackländer, * zu Burtscheid, Hofrath in Stuttgart. Novellist, Reisebeschreiber, Gründer der illustrirten Zeitung „Ueber Land und Meer". (Bilder aus dem Soldatenleben. Eugen Stillfried. Der geheime Agent.)

2.
- 1754. Marie Antoinette, * als Erzherzogin von Oesterreich. Gemahlin Ludwig's XVI. von Frankreich. Eine Märtyrerin des Königthums.
- 1766. Josef Wenzel Graf von Radetzky, * zu Trebnitz, österreichischer Generalfeldmarschall. — Sieger bei Custozza und Novara. Ein Soldatenvater.
- 1846. Esaias Tegnér, schwedischer Dichter und Archäolog, † zu Wexjö. (Frithjofsage.)

3.
- 1760. Schlacht bei Torgau. Friedrich der Große siegt über die Oesterreicher unter Daun.
- 1763. Friedrich Wilhelm von Seydlitz, General der Kavallerie unter Friedrich dem Großen, † auf Minkowsky bei Ramslau. Sieger über Soubise in der Schlacht bei Roßbach.
- 1802. Vincenzo Bellini, * zu Catania (Sizilien), Opernkomponist. (Norma.)

4.
- 1744. Johann Bernouilli, * in Basel, Astronom. Sekretär der mathematischen Klasse der Akademie der Wissenschaften in Berlin.
- 1784. Gottlob Welcker, * zum Grunberg in Hessen, Professor der Philologie und Oberbibliothekar in Bonn. (Prometheus. Griechische Götterlehre. Fragmente des Alkman.)
- 1787. Edmund Kean, * zu London, hervorragender Schauspieler, namentlich in Stücken von Shakespeare, † 1833 während einer Aufführung des „Othello".
- 1817. Felix Mendelssohn-Bartholdi, berühmter Musikmeister, † zu Leipzig. (Generaldirektor der Kirchenmusiken zu Berlin, Direktor der Gewandhauskonzerte in Leipzig. (Oratorien: Paulus, Elias. — Lieder ohne Worte.)

		Erholungsstunden.

5. { 1495. **Hans Sachs**, * zu Nürnberg, Schuhmacher und Meistersänger (Meisterschulgesänge; 208 Komödien und Tragödien, 1700 Schwänke, 22 geistliche und Kriegs-Lieder.)
1757. Schlacht bei Roßbach. Friedrich der Große schlägt die Franzosen.

6. { 1771. **Aloys Senefelder**, * zu Prag; Erfinder des Steindrucks (Musterbuch über alle lithographischen Kunstmanieren.)
1741. J. Kaspar Lavater, * in Zürich, Physiognomiker. („Physiognomik"; „Aussichten in die Ewigkeit".)

7. { 1856. C. Fr. **Friccius**, Oberlandesgerichtsrath, † zu Königsberg. Generalauditeur (Major der Königsberger Landwehr 1813, erstürmte das von den Franzosen besetzte Leipzig.)
1859 Carl Gottl. **Reissiger**, Komponist, † zu Dresden. Hofkapellmeister. (Libelle. — Nelva. — Trio's und Quartette.)

8. { 1770. Adam Johann von **Krusenstern**, * in Esthland, russischer Commodore, Direktor des Seekadettencorps. Erster Weltumsegler. (Reise um die Welt in den Jahren 1803—1806.)
1806. Theodor **Mügge**, * in Berlin, Romanschriftsteller. (Bilder aus dem Leben. — Frankreich und die letzten Bourbonen. — Historisches Taschenbuch.)
1836. Ludwig **Döderlein**, Professor der alten Literatur, † zu Erlangen. (Lateinische Synonyma und Etymologien. Ausgabe des Tacitus.)

9. { 1748. Louis Graf **Berthollet**, * zu Talloire in Savoyen († 6. Novbr. 1822 zu Arcueil bei Paris), Professor der Chemie zu Paris. — Erfinder des nach ihm benannten Schießpulvers oder Knallsilbers. (Die Kunst der Leinwandbleicherei.)
1803. Karl Gustav **Mitscherlich**, *, Chemiker und Professor der Heilkunde in Berlin. (Lehrbuch der Arzneimittellehre.)
1483. Dr. Martin **Luther**, der Reformator, * zu Eisleben. (Verdeutschung der Bibel.)

10. { 1674. John **Milton**, † zu London, der Dichter des „Verlorenen Paradieses".
1697. William **Hogarth**, Maler und Kupferstecher, *. (Heirat nach der Mode.)
1759. Friedrich **Schiller**, * zu Marbach. Lieblingsdichter des deutschen Volkes.

11. { 1729. Heinrich **Reimarus**, * zu Hamburg, Professor der Naturgeschichte und Physik. (Vom Blitze. Natur des Erdballs.)
1847. J. Fr. **Dieffenbach**, Professor der Chirurgie in Berlin, † daselbst. Meister in chirurgischen Operationen.

12. { 1774. Johann Friedrich **Agricola**, Orgelspieler, Komponist, † zu Berlin. Direktor der königlichen Kapelle. (Achill. — Iphigenie in Tauris.)
1778. Nepomuk **Hummel**, * zu Presburg, Meister auf dem Pianoforte, Komponist. Kapellmeister zu Weimar. (Mathilde von Guise.)

13. { 1834. Fr. Adolf **Ebert**, Oberbibliothekar, † zu Dresden. Biograph und Historiker. (Torquato Tasso. — Bibliographisches Lexikon.)
1862. Ludwig **Uhland**, †, Dichter und Politiker. —

14. { 1716. G. W. Freiherr von **Leibnitz**, Philosoph, † zu Hannover. Gründer der Akademie der Wissenschaften in Berlin.
1775. Joh. Ans. **Feuerbach**, * zu Frankfurt a/M., berühmter Kriminalist. (Kritik des natürlichen Rechts. Strafgesetzbuch für Bayern.)

15. { 1630. Johann **Kepler**, Astronom, † in Regensburg. (Kepler'sche Gesetze.)
1738. Friedrich Wilhelm **Herschel**, * zu Hannover. Astronom in England. (Großes Spiegelteleskop. — Venus. Ring des Saturn. Jupitermonde.)
1848. Ludwig Michael **Schwanthaler**, Bildhauer, † zu München. (Reliefs aus der Iliade. — Die Bavaria.)

16. { 1717. Jean le Rond **d'Alembert**, * zu Paris, Rechtsgelehrter und Mathematiker. (Encyclopädie der Wissenschaften und Künste.)

17. { 1776. Friedrich Christian **Schlosser**, * zu Jena, Professor der Geschichte in Heidelberg. (Allgemeine Weltgeschichte.)
1787. Gasparo **Spontini**, * zu Jesi in Italien, Komponist. Generalmusikdirektor in Berlin. (Vestalin. Cortez. Olympia.)

18.	1743.	Johann **Ewald**, * zu Kopenhagen, Dichter und Dramatiker.
	1827.	Wilhelm **Hauff**, Novellist, † zu Stuttgart. (Die Lichtensteiner. Memoiren des Satans.)
19.	1770.	Albert (Bertel) **Thorwaldsen**, * auf dem Meere, berühmter Bildhauer. (Ganymed mit dem Adler. — Der Alexanderzug.)
	1828.	Franz **Schubert**, Liederkomponist, † zu Wien. (Erlkönig. Ständchen. Am Meer.)
20.	1602.	Otto von **Guericke**, * zu Magdeburg, Bürgermeister daselbst, Physiker, Erfinder der Luftpumpe.
	1781.	Fr. C. **Eichhorn**, * zu Jena, berühmter Rechtsgelehrter und Verfasser juristischer Werke. (Einleitung in das deutsche Privatrecht. — Deutsche Staats und Rechtsgeschichte.)
21.	1682.	Claude de **Lorrain**, Landschaftsmaler, † zu Rom.
	1768.	Daniel Friedrich **Schleiermacher**, * zu Breslau, Professor der Theologie zu Berlin. Großer Kanzelredner.
22.	1767.	Andreas **Hofer**, genannt der Sandwirth von Passeyr, * Ein Vaterlandsheld.
	1782.	Konradin **Kreutzer**, * zu Mößkirch in Baden, Komponist von Liedern und Opern. Kapellmeister in Wien. (Nachtlager von Granada. Libussa.)
23.	1719.	Gottlob Immanuel **Breitkopf**, * zu Leipzig; Erfinder des Notendrucks mittels beweglicher Typen.
	1858.	Friedrich **Schneider**, Hofkapellmeister, † in Dessau. Komponist in der Richtung der Kirchenmusik. (Das Weltgericht.)
24.	1728.	Oliver **Goldsmith**, * zu Elphin, Volksschriftsteller. (Der Landprediger von Wakefield.)
	1785.	August **Böckh**, * zu Karlsruhe, Philolog. Akademiker in Berlin. (Pindar. — Der Staatshaushalt der Griechen.)
25.	1801.	Ludwig **Bechstein**, * in Meiningen, Dichter und Historiker. (Der Todtentanz. Märchen. Sagenschatz.)
	1751.	Johann Friedrich **Reichardt**, * zu Königsberg, Kapellmeister in Berlin, Opernkomponist, Schriftsteller. (Vertraute Briefe. — Frankreich im Jahre 1795. — Opern: Die Geisterinsel. Andromache.)
26.	1798.	Eduard Friedrich **Pöppig**, * zu Plauen, Professor der Naturgeschichte und Vorsteher des zoologischen Museums zu Leipzig. (Reise in Chile, Peru ff. Illustrirte Naturgeschichte.)
	1840.	Carl von **Rotteck**, Geschichtsforscher und Lehrer des Staatsrechts, † zu Freiburg im Breisgau. (Allgemeine Weltgeschichte.)
27.	1836.	Horace **Vernet**, Pferde- und Schlachtenmaler, † zu Paris (Schlacht von Marengo.)
	1860.	Ludwig **Rellstab**, Dichter und Novellist, † zu Berlin. (Das Jahr 1812.)
28.	1792.	Victor **Cousin**, * zu Paris, Professor der Philosophie, Akademiker und Generalinspektor des Unterrichtswesens in Frankreich.
	1851.	Vincenz **Priesnitz**, Erfinder der Kaltwasserheilkunde, † zu Gräfenberg.
29.	1774.	J. G. **Gruber**, * zu Naumburg, Professor der Philosophie zu Halle, Mitherausgeber der „Encyklopädie der Wissenschaften und Künste". †
	1787.	Ernst Freiherr von **Houwald**, * zu Straupitz, dramatischer Schriftsteller. (Fluch und Segen.)
30.	1667.	Jonathan **Swift**, * zu Dublin, Satyriker. (Die Bücherschlacht.)
	1718.	**Karl XII.** von Schweden, vor Friedrichshall erschossen.
	1760.	Karoline **Neuber**, * zu Laubegast bei Dresden. Schauspielerin und dramatische Schriftstellerin. (Reformation des deutschen Theaterwesens.)
	1840.	J. J. Edler von **Littrow**, Astronom, † zu Wien. Direktor der Wiener Sternwarte. Erfinder der dialytischen Fernröhre. („Der gestirnte Himmel".)

Druck von Bär & Hermann in Leipzig.

Neueste Kinderschriften, illustrirt durch J. Flinzer u. A.

Die Kinderstube I. Was man seinen Kindern erzählt, wenn sie 2 bis 5 Jahre alt sind. Kleine Geschichtchen, Gedichtchen und Räthsel. Von Ernst Lausch, Lehrer an der Ersten Bürgerschule zu Wittenberg. — In zwei Abtheilungen, mit 54 Text-Abbildungen und drei Buntbildern. Geheftet 15 Sgr. = 54 Kr. rhein. In prächtig ausgestattetem Umschlag gebunden 20 Sgr. = 1 Fl. 12 Kr. rhein.

Die erste Abtheilung enthält 50 Geschichtchen und Gedichtchen, die zweite Abtheilung 50 Gedichtchen, Räthsel und Gebete zum Auswendiglernen.

Die Kinderstube II. Hundert kleine Erzählungen, Gedichte und Verschen für Kinder von 4 bis 6 Jahren. Der lieben Kinderwelt und deren Freunden gewidmet von Fr. A. Glaß. Neu bearbeitet und herausgegeben von Ernst Lausch. Zweite umgearbeitete Auflage. Mit 60 Text-Abbildungen und drei Buntbildern. Geheftet 15 Sgr. = 54 Kr. rhein. In prächtig ausgestattetem Umschlag gebunden 20 Sgr. = 1 Fl. 12 Kr. rhein.

Die Kinderstube III. Erstes A-B-C-, Lese- und Denkbuch für brave Kinder, die leicht und rasch lesen lernen wollen. Ein Führer für Mütter und Erzieher beim ersten Unterricht durch Wort und Bild. Herausgegeben von Ernst Lausch. Mit 300 Text-Abbildungen und zwei Buntbildern. Geheftet 15 Sgr. = 54 Kr. rhein. In prächtig ausgestattetem Umschlag gebunden 20 Sgr. 1 Fl. 12 Kr. rhein.

Inhalt: I. Die kleinen Buchstaben. II. Die großen Buchstaben und Ergänzung der kleinen. III. Lesebuch. IV. A-B-C-Bilder-Reime. V. Kinderspiele. VI. Rechenbuch. VII. Gebetbuch.

Ein namhafter Pädagog spricht sich über die vorstehenden Bändchen in folgender Weise aus: „Wir können nicht anders als mit Freuden anerkennen, daß es dem Autor gelungen ist, den rechten Stoff und für denselben die rechte Form, d. h. die rechte Sprache für die Kinder-Erzählungen getroffen zu haben. Die Geschichtchen sind höchst einfach und natürlich in der Sprechweise der Kinder gegeben, ohne jedoch etwa einen kindischen oder gar läppischen Ton anzuschlagen. Man sieht diesen Büchelchen deutlich an, daß ein innig liebendes Vaterherz, geleitet von einem klaren pädagogischen Sinne, sie zunächst für sein Theuerstes auf Erden, für seine eigenen Kinder erfunden und erzählt hat. Sie sind den Kleinen aus der Seele gelesen und darum echte Mosaikstücke aus einem wahren und wirklichen Kindesleben. Mit vielem Glück hat der Verfasser in diesen Erzählungen alles Gekünstelte und Sentimentale, alles Ueberschwengliche und Unnatürliche à la Struwelpeter, sowie besonders auch trocknes und langathmiges Moralisiren fern gehalten."

Noch sei bemerkt, daß diese Geschichten so einfach und kunstlos sind, um von jeder Mutter und Erzieherin jemals nach dem Bedürfniß und der Anschauungsweise ihrer Pfleglinge leicht umgeändert oder auch als Themata zu verschiedenen Variationen benutzt werden zu können.

Wo und wann ein Lehrer von Müttern oder von Erzieherinnen nach lobenswerthen und zweckdienlichen Erzählungen für kleine Kinder befragt wird, da kann derselbe mit gutem Gewissen die Geschichten von Ernst Lausch ihnen aufs Wärmste empfehlen.

Gleiches Lob verdient das neueste Bändchen desselben Verfassers unter dem Titel:

Die Schule der Artigkeit.

Goldenes A-B-C der guten Sitten in Lehr- und Beispiel, Mahnung und Warnung. Auserwählte Fabeln, Sprüche und Sprüchwörter für die Kinderstube. Herausgegeben von Ernst Lausch. Mit einem Titelbilde, sowie 60 Text-Abbildungen von J. Flinzer, O. Roßtosty und Fr. Waibler. Elegant geheftet 22½ Sgr. = 1 Fl. 21 Kr. rhein. In prächtig ausgestattetem Umschlag gebunden 25 Sgr. - 1 Fl. 30 Kr. rhein.

(Diesem Bändchen schließt sich im nächsten Jahre eine Sammlung der vorzüglichsten deutschen „Märchen und Sagen" an.)

Die kleinen Thierfreunde.

Fünfzig Unterhaltungen über die Thierwelt. Ein lustiges Büchlein, für die liebe Jugend bearbeitet von Dr. Karl Pilz, Lehrer an der Dritten Bürgerschule zu Leipzig. Zweite, gänzlich umgearbeitete, vermehrte Auflage. Mit 60 Text-Abbildungen und einem Titelbilde. Geheftet 20 Sgr. = 1 Fl. 12 Kr. rhein. Elegant cartonnirt 25 Sgr. = 1 Fl. 30 Kr. rhein.

Kinderschriften von Hermann Wagner.

Illustrirtes Spielbuch für Knaben. 1001 unterhaltende und anregende Belustigungen, Spiele und Beschäftigungen für Körper und Geist, im Freien sowie im Zimmer. Herausgegeben von Hermann Wagner. Zweite unveränderte Auflage. Ein Band von 400 Seiten in buntem Umschlag, mit mehr als 500 in den Text gedruckten Abbildungen, sowie einem Titelbilde. Elegant geheftet Preis 1⅓ Thlr. = 2 Fl. 24 Kr. rhein. In geschmackvollem Cartonnage-Einband 1½ Thlr. = 2 Fl. 42 Kr. rh.

Der gelehrte Spielkamerad oder der kleine Naturforscher, Thierfreund und Sammler. Anleitung für kleine Physiker, Chemiker, Botaniker und Naturfreunde zum Experimentiren, zur Anlage von Pflanzen-, Stein-, Muschel-, Insekten-, Schmetterling-, Vogel-, Briefmarkensammlungen zc., sowie zur Pflege der Hausthiere und des Hausgartens. Ein Supplement zum „Spielbuch für Knaben". Herausgegeben von Hermann Wagner. Mit über 200 Text-Abbildungen, sechs Abtheilungs-Frontispicen sowie einem Titelbilde. Eleg. geheftet 1⅓ Thlr. = 2 Fl. 24 Kr. rh. In geschmackvollem Cartonnage-Einband 1½ Thlr. = 2 Fl. 42 Kr. rhein.

Bestens empfohlen.] Für Knaben und Mädchen. [Zweite Auflage.

Entdeckungsreisen in Haus und Hof. Mit seinen jungen Freunden unternommen von Hermann Wagner. Mit 100 Abbildungen, Titel- und Tonbildern. Eleg. geh. 15 Sgr. = 54 Kr. rhein. Eleg. cartonnirt 20 Sgr. = 1 Fl. 12 Kr. rhein.

Entdeckungsreisen in der Wohnstube. Mit seinen jungen Freunden unternommen von Hermann Wagner. Mit über 100 Abbildungen, Titel- und Tonbildern zc. Eleg. geh. 15 Sgr. = 54 Kr. rh. Eleg. cartonnirt 20 Sgr. = 1 Fl. 12 Kr. rh.

Entdeckungsreisen im Wald und auf der Heide. Mit seinen jungen Freunden unternommen von Hermann Wagner. Mit 130 in den Text gedruckten Abbildungen, zwei Buntdruck- und drei Tonbildern und einer Extrabeilage von getrockneten Moosarten. Eleg. geh. 20 Sgr. = 1 Fl. 12 Kr. rhein. Eleg. cartonnirt 25 Sgr. = 1 Fl. 30 Kr. rhein.

Entdeckungsreisen in Feld und Flur. Mit seinen jungen Freunden unternommen von Hermann Wagner. Mit 110 in den Text gedruckten Abbildungen, zwei Buntdruck- und drei Tonbildern, einem Titelbilde zc. Eleg. geh. 20 Sgr. = 1 Fl. 12 Kr. Eleg. cartonnirt 25 Sgr. = 1 Fl. 30 Kr. rhein.

Entdeckungsreisen in der Heimat. I. Im Süden. Eine Alpenreise mit seinen lieben jungen Freunden unternommen von Hermann Wagner. Mit 100 in den Text gedruckten Abbildungen, Tonbildern zc. Eleg. geh. 20 Sgr. = 1 Fl. 12 Kr. Eleg. cartonnirt 25 Sgr. = 1 Fl. 30 Kr. rhein.

Entdeckungsreisen in der Heimat. II. Im Flachlande von Mitteldeutschland. Streifereien mit seinen lieben jungen Freunden unternommen von Hermann Wagner. Mit 100 in den Text gedruckten Abbildungen, Tonbildern zc. Eleg. geheftet 20 Sgr. = 1 Fl. 12 Kr. Eleg. cartonnirt 25 Sgr. = 1 Fl. 30 Kr. rhein.

Im Grünen oder die kleinen Pflanzenfreunde. Erzählungen aus dem Pflanzenreich von Hermann Wagner. Dritte vermehrte Auflage. Mit 80 Abbildungen und kolor. Titelbilde. In prachtvollem Umschlage eleg. carton. 25 Sgr.

Verlag von Otto Spamer in Leipzig.